U0137683

詩經：最古老的情歌

钱红丽 著

海峡出版发行集团
THE STRAITS PUBLISHING & DISTRIBUTING GROUP

鹭江出版社
LUJIANG PUBLISHING HOUSE

2017 年 · 厦门

葑

采葑采菲，无以下体？德音莫违，及尔同死。

——《邶风·谷风》

護

ワスレクサ

焉得谖草？言树之背。愿言思伯，使我心痗。

——《卫风·伯兮》

桃 ミチヨクサ

桃之夭夭，灼灼其华。之子于归，宜其室家。

——《周南·桃夭》

葛生蒙楚，蔹蔓于野。予美亡此，谁与？独处。

——《唐风·葛生》

采采芣苢，薄言采之。采采芣苢，薄言有之。

—— 《周南·芣苢》

采采卷耳，不盈顷筐。嗟我怀人，寘彼周行。

—— 《周南·卷耳》

匏

ナリヒサゴ

匏有苦叶，济有深涉。深则厉，浅则揭。

——《邶风·匏有苦叶》

荷華

ハチスバナ

彼泽之陂，有蒲与荷。有美一人，伤如之何？

——《陈风·泽陂》

我知道钱红丽，始于在天涯论坛"潜水"。那时，我回国没几年，当时，天涯论坛是中文写作最活跃、最重要的场所之一，我也经常浏览。记不得是哪一年哪一月在天涯论坛偶遇她的文字，心生好感。

每个人的阅读史并不是由文学类别或者文学风格贯穿的，而应该是由某些作者主导的。回国最初的那几年，我重新对中文生出亲近感，最喜欢的小说家是王小波和王朔，最喜欢的诗人是海子，最喜欢的散文家则是钱红丽和须兰。须兰的作品以小说为主，散文仅有一本《黄金牡丹》。我写过一篇短文，标题套用了须兰的《凤凰委羽》，是向她致敬。如今，终于等来了向钱红丽致敬的机会。从最早的《华丽一杯凉》开始，她的每本散文集我都有。

作为阅读钱红丽的见证，我从过去的博客拉出一个片段："奥运会前后的一个月中，我虽然在备课，但效率实在低得可怜。我也尝试过看书，总共看了 1/2+1/2 本。现在到了合肥，却很快将钱红丽的新书《风吹浮世》看完了。我真正需要的正是钱红丽这样的作家写的那些如同从生活中萃取的一杯咖啡或一杯茶一样的文字。看了这样的文字，浮世生活顿时有了着落。"

这样的随意记录，应该还有好几次，可惜找不全了。这恰好印证了钱红丽最早的那本散文集的书名，果然人生和自己的言语一样，经历的时候自己觉得轰轰烈烈，过后就是一杯人走茶凉的水，人家不将你泼出去就是奇迹。我记得有人说过，人是上帝落在人间的言语。而人的言语又会成为什么？这是个终极之问。古往今来，刻在泥版、竹简上，印在纸上的文章，今天幸存的可能不及万一。比如说，我记得钱红丽的博客名本是"人生自守，枯荣勿念"的，如今被她改成"碎碎念"了。在两个名字之间，横着一条岁月的河。

前面所引那段博客，还是在北京奥运会之前写的。奥运会之后，我还有一段记录，让我回忆起在那一年的下半年，她开始约我写书评了。而同一年的五月，我开始了我的现代诗写作。

最近，羁于俗务，能连续好几个月不写诗，可是我这开始健忘的大脑，不会忘记读诗与写诗的愉悦。诗歌，恐怕不止于让人愉悦。我生也早，中学时代读书，只有去邻居家借发黄的《千家诗》和《唐诗三百首》，无师自通地写起旧体诗词来。邻居家除了这些书还有诗词格律一类的书，所以我写诗也是有平仄的。从那时一直到大学毕业，我都很喜欢李白。后来，我又喜欢上了李贺，这两人是与年轻人的心性相通的。喜欢《古诗十九首》以及《诗经》，是再后来的事了。

人近中年，才越加喜欢李商隐，我觉得他是唐代诗人中的现代派诗人，朦胧，别有意象。尽管《诗经》六义中的比，接近现代诗常用的意象，但比附得尚近。李商隐的诗让人觉得朦胧，那是因为诗中的意象如天外飞来，所以我喜欢。人是需要创造的动物，要出新，所以要"叛逆"。然而，我喜欢艾略特的说法，他说："当一件新的艺术品被创作出来时，一切早于它的艺术品都同时受到了某种影响。现存的不朽作品联合起来形成一个完美的体系。"所以《诗经》，是一切汉语诗的源头。

《诗经》是汉语有文字记录的最早的诗歌总集。有人说诗人是先知，就对万物的命名而言，这样说也没有错。诗人是语言的创造者，汉语中有无数成语和词汇可以在诗歌中找到源头。

我读《诗经：最古老的情歌》，倒像第一次遇到《诗经》，天地草木都是新的。从前读她的散文，一蔬一饭，她都写出诗意，所以她是散文家中的诗人。这本书第一次出版的时候，出现了古典热，其实她的文章都是在那之前写出来的，所以她在自序里提到六个字"从引领到跟风"。今天，古典热再兴，我希望更多的人能够读到这本书。最后，实在想不好用什么做这篇短序的标题，想起过去在博客中写的我对钱红丽的印象，决定了用这几个字：明丽和韵致。

科普作家　李淼

2017 年 5 月 16 日

这几天偶感风寒，心生宁静，读钱红丽的书稿，发了一身汗。这本书是发汗药？我读《诗经》，虽然不太注意注解，但心里总想能与古人暗合。而钱红丽却要别意——真是别有洞天？钱红丽的确穿了过来，她心思的红线穿过手边《诗经》里大大小小黑咕隆咚的针眼。那些注解密密麻麻，难道不像一个又一个针眼？有些人就在针眼里皓首穷经或者一头栽下，针眼变大了，仿佛狗圈。耶利内克说："语言就像一条狗，它拽着皮带向前跑，你只好跟着跑。"《诗经》是不是也像一条狗呢？我们常常拽着它跑，而不是跟着跑。有关《诗经》，我们起码自负地拽着它跑了两千年。钱红丽的这本书，有时候也是自负的——拽着它跑的时候就自负，跟着跑就谦虚多了。《诗经》在当代是我们要学的一门外语？好，更谦虚了。

《诗经》的读法有多少种啊！历史、版本、名物、讽喻……从语言上进入，好像不多，钱红丽好像回到源头。说起来也普通，但大伙儿差不多也忘了，《诗经》无非是一本文学读物。钱红丽说："文学向来是一份固执的虚无主义——这是一种天赐的力量。"从语言上说，的确如此。我们读《诗经》，读其他什么经的，老想微言大义，不知道"言"比"义"要广要深要大，更不知道古人们"情有独钟"。"既见君子，云胡不喜"？而今夕何夕火树银花不夜天，没一点暗！哪来"独钟"？哪来"幽趣"？哪来"沉思"？哪来"别意"？

　　我也读过一些《诗经》研究与考证的书籍，长见识，读完之后，觉得自己"博学"了一点，足可以在酒桌上夸夸其谈；而钱红丽的这本书，"见识"不是主要的，"博学"不是主要的，相反，让我"孤陋寡闻"——在这个信息爆炸的年头，写文章的人这里链接一下，那里链接一下，于是"孤陋寡闻"就越发可爱、珍贵。在这个信息爆炸的年头，我想只有"孤陋寡闻"才有机会，也就是有时间去感受、领略一粥一饭的情意。当然，这也要有经历，有福分，"大抵是人近中年，历经种种，痛的，热的，荒的，寒的，把所有的新鲜刺激都卸下，于是特别看重这一份人世的温馨"。

　　从传统的典籍中刊出一份人世的温馨，这就是诗意，这就是情意。所以钱红丽的这本书，也是可以叫"诗经诗意"和"诗经情意"的。

　　读钱红丽的这本书，我觉得"线写作"好久不见了（我说的不是"线性结构"这类东西），它有透彻与单纯的美。自从网络发达以来，越来越多的写作，是"面写作"（这个"面"并不是布托尔所说的"面"，布托尔说过："叙述不再是一条线，而是一个面，在这个面上我们分别确定一定数量的线、点或引人注目的组合。"），拿捏得东南西北上下左右，似乎能把世间烂泥尘埃全找来，堆出个伟人像，做出个昂头状，"博学"啊，"见识"啊，面面俱到，却偏偏没有心肝。歌里唱得好："呔！你搬来盾牌一面面，爷爷俺抓紧手中鱼肠一条线。""线写作"之线。

一个偶感风寒的我没说胡话吧，所以你们翻过这一页。

是为序。

你们会从"是为序"读起吗？我心存侥幸。前不久一个"权威"对我说，他凡是看到序中有"是为序"这一句的，就认定不是好序。他读序，先朝序的最后望望。"是为序"这个尾巴，在我原本是可加可不加的，完全由我写作具体的某篇序时的节奏决定，有时候文气滔滔不绝，"是为序"三字能猛地收住。但自从听到权威说法后，我写序，决定篇篇都有：

是为序。

车前子

2009 年 10 月 4 日，在傍晚的目木楼上

目 录

上

部

> 摽有梅，其实七兮。求我庶士，迨其吉兮。
>
> 摽有梅，其实三兮。求我庶士，迨其今兮。
>
> 摽有梅，顷筐塈之。求我庶士，迨其谓之。

一个朋友说，中国人没有孤独感，从来写不好孤独的诗。我非常不同意，以《诗经》为例，这里收有多少孤独之诗啊！比如《摽有梅》，是多么孤独。一个姑娘从树上的梅子落到剩下七成，写到梅子落到只剩下了三成，而那个人还是没有来，最后等到树上的梅子悉数落尽，那个人依然没有来。梅子成熟于风和日丽的阳春，那时节，春风正暖，花草繁妍，可是那姑娘又是多么孤独，她想着、恋着的那个人，没有一点儿音讯，而她依然一往情深。人心之苦，莫过于音讯不通，她永远不知道他的心思。或许，几月不见，那人心里早已有了别人，彻底把她忘却了，而她依然独守一份往昔的承诺。在感情上，剃头挑子一头热是最痛苦的事情，她一概不知，却依旧不悔于既定的情感轨道。

《摽有梅》真是一首孤独又残酷的诗。青春期中，你我谁不曾品尝过"被蒙在鼓里"的滋味，比起生离死别来，这份被遗弃的孤独谈不上肝肠寸断，但也够人喝一壶的了。

《摽有梅》乍看去，写的好像是人与草木蔬果的互感，往深里看，那分明是在人与人间的互感中得不到回应，才退而求其次的一个转身吧。

在中国的文化传统里，向来是有三种互感的：人与人之间的互感、人与山水自然之间的互感、人与草木鸟兽之间的互感。人与人之间的互感，在男女之情上最为普遍。

这些年，翻来覆去地读《诗经》，还是觉得《摽有梅》写得最孤独——因为那个姑娘掌控不了局面，所有的主动权都被攥在了对方手里。她在写诗的过程中，无意中有了恳求的语气，这是多么伤自尊的一件事情啊，也是她不愿意面对的局面吧。这不得已的恳求里，是不经意间奉上了生命的尊严的。回首青春期，我们哪一个没有进入过迷局？如今，即便夜深人静之时，回首这些，也不过是清风徐来水波不兴吧！成长之路，辛苦而来，谁不曾付出痛的代价？

许多人把这首《摽有梅》解释为恨嫁之作，更有甚者，推断这个姑娘已有身孕，所以才那样急迫……这姑娘真有那么不堪吗？我可不这么看。它就是一首孤独的诗，是一个被人抛弃了却还在一厢情愿的姑娘的心声。其实，这姑娘心里明镜似的，又有什么她不知道的？男女之间，若已经心意相通，还用得着以这样的语气发问吗？她不过是在挣扎，在抒怀，在释放，在人与人之间的互感中得不到满足，转而寻求人与草木之间的互感。

《诗经》向来遵循这样的一脉情怀——短短几句，却又如此蕴意深厚。我曾经说过，在写情上，《诗经》为第一，《古诗十九首》次之，而唐宋诗词就逊色多了。总之，谁也比不过《诗经》，所以，值得一读再读。

这首《摽有梅》虽然孤独，但哀而不怨，这位姑娘也是有格局的，其实她把一口气藏在了后头，虽有恳求，但也不见得多不堪。张爱玲说，哪一样感情不是千疮百孔的？最初看到张爱玲的这句话时，觉得简直是无病呻吟，现在再看，感慨颇深，可见人与人之间的互感是多么艰难。不仅男女之间需要互感，人与国家之间，朋友与朋友之间，都是需要互感的，有了互感，彼此之间才会懂得珍惜，历史上的许多文人在历经"人与人之间的互感"倾轧之后，不都转向了与山水自然、与草木鸟兽的互感吗？

女曰："鸡鸣。"士曰："昧旦。"

"子兴视夜，明星有烂。"

"将翱将翔，弋凫与雁。"

"弋言加之，与子宜之。

宜言饮酒，与子偕老。

琴瑟在御，莫不静好。"

"知子之来之，杂佩以赠之；

知子之顺之，杂佩以问之；

知子之好之，杂佩以报之。"

每次读这首诗，都会哑然失笑。几千年前的一对小夫妻把日子过得如此有情趣，这情趣有别于一般的打情骂俏，是有深厚的生活底蕴的。再往深处想，竟生起无边的感动。

年轻夫妻慢慢在一粥一饭里建立起的平凡感情，不再有一日不见如隔三秋的浓烈，而是渐渐地转化成润物细无声的亲情。男女之间，一旦从兴高采烈的爱情步入小河淌水般的亲情，彼此间的感情就更加牢靠了。

有过乡村生活经历的人，对这首诗更有感触。一般，公鸡打鸣三遍以后，天才慢慢亮起来。这首诗中的女人催促道："快起床吧，鸡都叫了。"这里的鸡叫，应该是第三遍了。男人则睡意蒙眬地答："天才蒙蒙亮，还早着呢。"女人不依了，又催："你快出门望望天去，启明星多么明亮！"男人说："鸟儿们就快飞出窝了，我去射些水鸭和大雁回来！"

凌晨时分，是启明星最炫目的时候。当我们看见启明星的时候，天就真的亮了，意味着再也不能赖床了。女人不忍了，把男人从暖和的被窝里生生拽出来，毕竟是有点残忍的事情，于是便开始说温柔的话："等你把野味打回家，我就下厨给你做好吃的美味。有肉有酒的好日子，我愿意一辈子跟着你。"说完这些，尚不罢休，紧接着，又抒了一把情，叫"琴瑟在御，莫不静好"。这八个字可不能翻译成白话，一经译出，诗意尽失，大抵相当于胡兰成在婚帖上所写"现世安稳，岁月静好"的意思吧。

面对这样的一番温柔耳语，做丈夫的，哪一个不会被软化呢？心里简直比灌了蜜还甜，浑身的骨头怕是都酥了。世间的枕边风，向来有这样的杀伤力。所谓舌头底下压死人——即便被压死了，这个男人也是心甘情愿的。

于是，男人在感情表达上也不示弱，借汤下面地夸起自己的女人来："我知道你这人勤快，喏，这块玉佩就送给你吧。我知道你这人温柔，就让这块玉佩代表我的心好了。我知道你对我是真好，这块玉佩就当作我对你的回报吧。"接连三个排比句，在感情上层层递进。要知道，首饰可是天下女人的最爱啊，何况还是一块玉佩呢！这个男人真是浪漫得很，都已经结婚了，依然想着买首饰给女人，可见其用情之深。

两个人，就这么你一言我一语的，表白心意之后，想必天早都大亮了。男人不知什么时候买来一块玉佩，一直藏着，也一直苦于找不到恰当的机会送给心爱的女人。夫妻间送礼物，不比热恋期，是要有一个托词的，如果唐突地把礼物递出去，双方都会相当尴尬。这下好了，当她抒情地说出"琴瑟在御，莫不静好"之后，他被感动得不行，于是，一块好玉佩就这么自然地送出去了。

被催促早起原本是很让人懊恼的事情，可是，这个女子深谙为妻之道，一番枕边风吹拂，不仅没把丈夫激怒，反而说得他心潮起伏，竟出人意料地送了妻子一件礼物，这种你情我愿的小插曲来得多么高调啊！真是多多益善。

当然，这基于他们之间的一份爱，他们都把对方搁在了心中。生活是粗粝的，它特别能磨人，包括两人间的感情。而他们俩的感情是日久弥坚的，所以"莫不静好"。

并非所有的夫妻都能步入如此和美之境。古人有"情深不寿，强极则辱"的说法，意思是很深的情往往都会短命。而有些爱情像极了爆竹，一阵暴响过后，便只剩下满地碎屑。

世间的大多情感，始终逃不掉这样的结局，仿佛一种宿命，生活里，有多少桩情深不寿的婚姻被我们撞破？而诗中这对夫妻，实属不易。

我读《女曰鸡鸣》，是常读常新，感念萦绕。把夫妻做到情人与朋友的份上，实在少见——世上少见的东西，都让人珍视。前不久，看《听杨绛谈往事》，频生感慨。钱、杨夫妇一生和睦，懂得相互珍惜。钱锺书出国访问时，天天给杨绛写信，也不寄回，等到回国再当面交给她——写的都是旅途见闻、所思所感，当然，更少不了思念之情。那时，他们已年近花甲，却依然情深意厚。甚至，钱锺书戴手表不会系搭扣，每天早晨，杨绛都亲自帮他戴上手表。待到耄耋之年，杨绛患病，怕自己不久于人世，才想起教钱锺书怎样系手表搭扣。《女曰鸡鸣》里的温馨浪漫，总叫我不自觉地想起钱、杨夫妇来。——你看，男女感情这一脉，延续了这么多年，依然本色未变。

人近中年，历经种种，痛的，热的，荒的，寒的，把所有的新鲜激烈都卸下，于是特别看重这份人世的温馨。

诗中写："宜言饮酒，与子偕老。"一觉醒来，就这么自然地对身边人说出来，倒让千年后的局外人有了泪意。《诗经》里有许多这样的诺言，比如"执子之手，与子偕老"，不过是"我愿意牵着你的手，跟你过一辈子"。这样的承诺，令人感动。有了这样的承诺，彼此的下半生就都有了指望，不再孤独。其实，男女间，活到老年的时候，无非求个精神上的伴而已。人是孤独的动物，我们的一生仿佛都在寻求一个灵魂意义上的伴。而爱，正是上帝派来搭救孤独的，它并非长情大爱，而恰恰体现在平凡的一粥一饭里。这样的爱，最能给人慰藉，所以长长久久。

《七月》：四时节序之美

七月流火，九月授衣。一之日觱发，二之日栗烈。无衣无褐，何以卒岁？三之日于耜，四之日举趾。同我妇子，馌彼南亩，田畯至喜。

七月流火，九月授衣。春日载阳，有鸣仓庚。女执懿筐，遵彼微行，爰求柔桑。春日迟迟，采蘩祁祁。女心伤悲，殆及公子同归。

七月流火，八月萑苇。蚕月条桑，取彼斧斨。以伐远扬，猗彼女桑。七月鸣鵙，八月载绩。载玄载黄，我朱孔阳，为公子裳。

四月秀葽，五月鸣蜩。八月其获，十月陨萚。一之日于貉，取彼狐狸，为公子裘。二之日其同，载缵武功，言私其豵，献豜于公。

五月斯螽动股，六月莎鸡振羽。七月在野，八月在宇，九月在户，十月蟋蟀入我床下。穹窒熏鼠，塞向墐户。嗟我妇子，曰为改岁，入此室处。

六月食郁及薁，七月亨葵及菽。八月剥枣，十月获稻。为此春酒，以介眉寿。七月食瓜，八月断壶，九月叔苴。采荼薪樗，食我农夫。

九月筑场圃，十月纳禾稼。黍稷重穋，禾麻菽麦。嗟我农夫，我稼既同，上入执宫功。昼尔于茅，宵尔索绹，亟其乘屋，其始播百谷。

二之日凿冰冲冲，三之日纳于凌阴，四之日其蚤，献羔祭韭。九月肃霜，十月涤场。朋酒斯飨，曰杀羔羊。跻彼公堂，称彼兕觥，万寿无疆！

我一直觉得，四时节序之美都隐藏在这首《七月》中，每每读之，稻花扬浪的三月，丰收后的菽麦葵豆，田野金黄一片，家乡的农历新年……身体内部的田园气质复苏，是汪洋恣肆的，任何外物都不能阻挡，那是属于个人的小宇宙，有着天然的乡野气息。文字是有气息的，人同样也是有气息的。文字的气息与人的气息一旦吻合了，彼此间就找到了相似的灵魂。

相似的灵魂相逢在《七月》里，相互辨认，相互试探，抑或把手伸出去，彼此感觉到了对方的温度。撇开《七月》所代表的另一层意思不谈，我是愿意一直把《七月》当作一首乡村诗来读的，且从中体味到小民的快乐安详在人世里慢慢流淌着；《七月》也是一幅耐人寻味的乡土画卷，只肯对懂得它的人徐徐展开，我分明看见大风刮过原野，带来了霜冻，野菊明黄，万物披上霜雪的衣裳，大地洁白一片……就是这些无声的节序送来了一个个平凡的日子。正是这一个个平凡的日子构成了人的一生，从两鬓青丝到白发皓首，也短，也长。

《七月》作为一首充满田园气息的诗，也是《诗经》中最长的一首，引顾随先生的语言："时多，事多。"顾随先生是把《诗经》读得通透的人，仅仅以短短四字便把《七月》精确地概括了。在我的理解里，所谓"时多"，大抵是指一年二十四个节气都被写到了吧。二十四个节气，在这里并非明写，用的是暗写的手法。在什么样的节气里，就生长什么样的植物瓜果，人们会做些什么样的农事。我们从农事里一眼就能识出四时节序来。而所谓"事多"呢，正是与"时多"紧密配合的。一年四季里，人们没有歇息之际，从岁寒到春耕，从采桑养蚕到制作布帛衣料到猎取野兽，从储藏果蔬到割麦酿酒宴饮一番，最后还要盖屋呢。到了秋天，那些小动物，比如蟋蟀，明明还在田野里叫着呢，但过不了多久，它们就跑到屋檐下。再过几天，就入了家门钻到床底下藏起来了，差不多这个时候，就是冬天了。我们要用烟熏走老鼠，用泥糊紧北窗，这样，新年的脚步也近了。好吧，携妻带儿搬进新屋，迎接新年的来临。你看，一年四季倏忽而过，这首《七月》写尽了四时之美。

许多次，默默读它，在精神上，我找到了故乡，然后让回忆领着，慢慢来到曾经的乡下，那个我已然生活了十六年之久的地方。即便听我堂姐说，现在的乡下已经很少听见蛙鸣了……尽管田野的诗意丧失，但丝毫不能影响我对于乡野的追念，因为那里的四季依然在，有四季在，节序就会一直延续下来。当我在城里，翻开日历，每年看见"惊蛰"两个字的时候，就会想起，种子入土的时机到了，于是在阳台上的花钵里种几颗南瓜籽，算是在城里为四时节气应个景儿，即便寡淡，情绪也算浓烈吧。在城市居住这么多年，我依然没有忘却农作物与四时节气的对应关系。

不知道是幸呢还是不幸，对高度发达的城市化的新兴文明，我始终是有隔膜的，我并不能真心地欣赏它哪怕点滴的长处——乡村作为我的原乡，它可以让我敏捷地嗅到四季轮换的气味，还有风的转向，泥土的芬芳，以及野草繁花的浓淡预萎……这些自然的东西，于我，总是可亲，它始终牵扯着我的神经，仿佛流经我体内的血，是能够闻得见青苔的味道的，湿漉漉的氤氲一片，是可以拧得出水来的。这样的水，也是深河大湖之水，并非充盈着氯气的自来水。

一篇子荡远了，说回来。先头我说《七月》写尽了四时节序之美，这些美还都是隐写暗托的，明确让人看出美来的，还是诗中的那些短句子，简静凝练，分明是幽洁之美，好比一个人惜字如金，是不肯轻易地絮叨的，比如，"六月食郁及薁，七月亨葵及菽。八月剥枣，十月获稻"，从六月写到十月，一百五十多天，只用了简短的二十个字。可就在这二十个字里，人们要享用多少美味啊。也是这样的五个月里，走完了十个节气呢——六月吃李和山葡萄，七月烹煮葵菜和豆子，八月打枣子，十月收稻子。还有九月呢，隐去了，九月挖红薯、种油菜呢。农谚有"九菜十麦"的说法，也就是说，农历的九月该种油菜了，到了十月，小麦又该下地入土了。十月里割稻，割的也是晚稻了。

《七月》里有许多美丽的句子，比如，"春日载阳，有鸣仓庚。女执懿筐，遵彼微行，爰求柔桑。春日迟迟，采蘩祁祁。女心伤悲，殆及公子同归"。稍微发挥一下想象，便能领略一种和煦之美。——春天的阳光暖和起来，黄莺叫个不停。女孩们挽着竹筐走在小路上，她们要去采桑喂蚕。可是，女孩的心里忽然感到惆怅——都好好的，为何心生惆怅呢？春天原本就会让人莫名忧伤，所谓伤春悲秋，自古以来就是如此。女孩的惆怅，不仅仅因为身在春天吧，她们真正为的是"殆及公子同归"。哦，原来女孩思春了，不过是一种正常的人性流露。我愿意把"殆及公子同归"解释为尚没有等到心上人把自己娶回家。一个"归"字，在《诗经》里频繁出现，如"之子于归"的"归"，是可以当"归宿"来解的，那，什么才是女孩的归宿？遇见一个自己爱的人，就算找到了好归宿。所以，在很多场合，我们把"归"都解为出嫁之意。我觉得，这种解释用在这里是妥当的。女孩在山坡上采摘桑叶的时候，突然停下手中的动作，抬首望望高天暖阳，以及暖阳下灿烂如星辰的野草繁花。这时，不知怎么了，易感的女孩忽然思起春来，而那个意中人尚未出现，当然是有一些惆怅的。然而，就是这一句，我翻过许多种释经版本，作者殊途同归的解释，简直令人啼笑皆非，生拉硬拽地把女孩惆怅的原因归之于怕被过往的公子看见强行带走，不过又是一例无法摆脱阶级立场的误读罢了，让人含笑之余不免心酸。《诗经》形成于一个民风淳朴的时代，哪里来的那么多公子哥光天化日之下强掳民女？如此这般牵强附会，简直匪夷所思。

对于《诗经》，是要带着一颗诗心去读的，所谓以诗读诗，以心换心，以情换情，这样才显得出可暖、可亲来，而《诗经》原本就是可怀的——情怀的怀，怀抱的怀。

击鼓其镗，踊跃用兵。土国城漕，我独南行。

从孙子仲，平陈与宋。不我以归，忧心有忡。

爰居爰处？爰丧其马？于以求之？于林之下。

死生契阔，与子成说。执子之手，与子偕老。

于嗟阔兮，不我活兮。于嗟洵兮，不我信兮。

年轻的时候，读张爱玲的作品，在《倾城之恋》里，范柳原读"死生契阔，与子成说。执子之手，与子偕老"给白流苏听，说这是最悲哀的一首诗，生、死、离别，都是大事，不由我们支配，比起外界的力量，我们人是多么小，多么小！可是我们偏要说："我永远和你在一起，我们一生一世都别分开。"——好像我们自己做得了主似的！白流苏似乎没能懂得这几句诗的深意，沉思半晌，干脆恼了起来，对范柳原说："你干脆说不结婚，不就完了！还得绕个大弯子，什么做不了主……"

那时，我尚未接触《诗经》，不晓得这几句话的来龙去脉，凭第一感觉，只觉得这是美丽的誓言，读起来怎么会感到悲哀呢？当年，我对张爱玲借范柳原之魂的这几句慨叹感到有一层隔膜，也不做停留深入，便粗略扫过了。——向来如此，小说家的世界，平庸的我们何尝真正进入过？当时，反而觉得这是几句非常温暖的诗，"执子之手，与子偕老"，这句话说出来，是多么让人有安全感啊。如今，在感情上，男男女女们仿佛一齐患上了饥渴症，缺的就是这种一字千金的重诺。

然而，多年以后，当我第一次接触《诗经》时，找的就是这几句诗的出处。当时，手边的版本源于齐鲁书社。无从学养可言的我，一味局限于这个版本的解释，可谓是把它当《圣经》来读的。读过之后，却产生了相当失望的情绪，失望于这几句诗并非一对恋人间的誓言。齐鲁书社的版本，将这几句诗解释为战士之间的盟誓，说它是一首男人们在战场上相互激励的诗。当年，根本没有怀疑能力的我，对古籍文言一知半解，以致走上了"尽信书而不如无书"的歧途。稀里糊涂地过去几年，我那份对于《诗经》的热情依然没有消逝，也就一直读下去，在各种不同的版本里穿梭，终于有一天，悟出自己上了一个大当——关于这篇《击鼓》的解释简直错得离谱。

我到底明白过来,彻底摒弃了"执子之手,与子偕老"这么美丽的誓言是战场上男人之间的喋血盟誓的看法。曾经的这个"当",上得相当的灰头土脸,仿佛无从说起了,以致让我留下了极深的内伤——在后来的很长一段时间里,我拒绝再看任何形式的版本注释。这种逆反心理根深蒂固,眼下,无人可以把我说服。

如今,反复读这首诗,似乎懂得了,我愿意这么把它翻译出来:"击鼓声响在耳畔,将士们正在奋勇演练着刀枪。防御工事已经修好,我还要随军远征南方。我跟随一位名叫孙子仲的将军奔赴前线,为的是平定陈、宋两国。不能擅自回家,我忧心忡忡,郁郁不乐。我将身在何方?我的良马将要丢失在哪里?我到哪里才能把它找到?我来到山林泉水之地。生死离合,曾经我与你说过的,我将牵着你的手,与你一起老去。可是如今沦落天涯,我怕是不能活着回去了。可叹如今天各一方,我对你的誓言就要成为一句空话了。"

写这首诗的人,不过是浩荡的队伍中一名不起眼的小兵,不得已随着将领的征服欲望,踏上茫茫征途。这一分开,可能就是永别了,他还有什么放不下的呢?还是家中的那个人。他曾经可是答应过她照顾她一辈子的。如今,自己被卷入战争,十有八九要战死沙场,再也不能回去了。眼看曾经的誓言都付诸流水……

这是多么悲哀的事情。到这里，我恍然懂得了张爱玲的感慨——时代的大背景下，个人的儿女情长被忽略不计，它怎么能得到成全？在时代的风云突变前，个人的情感又算得了什么？它一直处在被忽视的地位，以致这几句诗读起来才那么悲哀——悲哀就悲哀在，个人的感情得不到成全。个人在时代面前，实在渺小得如同一粒芥菜籽，到了战争年代，谁会考虑到成千上万家庭的和美，谁又会来成全个人的爱情？时代的大潮席卷一切，一切都让位于掠夺和残杀。爱情在宏大的战争面前，多么不值一提啊。这才是小我的悲哀寒凉。

生离死别，原本无法预料，可是，在这首诗中，在出征途中，这名战士就已经预料到自己的命运，尽管目前尚有一口气在，可是，大敌当前，自己作为一枚小小的棋子，送命是自然而然的事情，想起家中苦守的爱妻，怎不叫他肝肠寸断？生的莫大悲哀，是因为预料到死期不远。

誓言，原本明亮暖人，但这个曾经许下誓言的人，此时此刻分明感觉自己命将不保，再也不能兑现诺言了。如此暖人的誓言，在这里反而衬托得这首诗更加悲哀了，所谓"以乐景衬哀情，反而增其哀"。

关于这首《击鼓》的版本注释，真是千奇百怪，闻一多先生就是一个著名的例子，从这首诗中，他竟考察出同性恋的苗头，他同样是将这首诗当成沙场战士之间相互激励的诗去理解的。按照闻一多的逻辑，两名小战士间既然有了"执子之手，与子偕老"的誓言，那么，他们不是同性恋又是什么？然而，我现在简直把闻一多的推论当作一个"笑话"。

这大抵就是《诗经》的魅力所在吧，不同的人对它有着不同的理解，不同的人对着它抒发着不同的情怀。——《诗经》好比一只温润的玉杯，每个人都可以拿起它，斟满自己的酒，浇自己的块垒，如同叶嘉莹先生，当她读杜甫的《秋兴八首》，有了感念，情难自抑，写出来一本厚厚的书。

这部美丽的《诗经》，简直就像一条永不枯竭的大河，几千年流淌下来，养活了多少版本专家，滋养了多少奇异的想象力？

日居月诸，照临下土。

乃如之人兮，逝不古处。

胡能有定？宁不我顾？

日居月诸，下土是冒。

乃如之人兮，逝不相好。

胡能有定？宁不我报？

日居月诸，出自东方。

乃如之人兮，德音无良。

胡能有定？俾也可忘。

日居月诸，东方自出。

父兮母兮，畜我不卒，

胡能有定？报我不述。

许多人不约而同地把这首诗注解成一首怨妇诗。我可不这样看，我觉得这个女子做人相当有格局，她根本不屑于控诉、埋怨，她不过是在写日记罢了，一来缓解一下自己的孤独感，二来以书写的方式平缓一下焦灼的心情。我们谁不曾写过日记？私人的，自说自话的，对于心灵的一次次梳理，终于在文字里成全了自己。比如这个女子，丈夫不爱自己了，这是真切的，不容改变的，但她也不至于就到了活不下去的地步，整天对生活失去信心以致蓬头垢面的，才不是她这样的人的作风。在诗中，我依然可以捕捉到她的骄傲。不过，这种骄傲隐藏得也深，她有自己的主见，根本就不是一名软弱的怨妇。

你看，她是个多么有格局的人，这首诗一共四个小节，她在每一小节之首，都以日月起兴，端的不同凡响：

日月的光芒，普照大地。我嫁的这个人，不再像以往那样待我了。怎么变成这样了？一点也不顾及我了。

日月的光芒，覆盖住大地。我嫁的这个人，不再像过去那样对我好了。怎么变成这样了？一点也不念及夫妻之情了。

日月，每天都从东方升起。我嫁的这个人，不再以好言好语安慰我了。怎么变成这样了？我应该把他那些无良之行都忘了。

日月，每天都挂在东方。我尊他如父母，他却不这样对我。怎么变成这样了？我可不想继续纠缠在这些事中了。

她在日记里把这首诗写完，也就把心彻底放下了，根本不会继续在心里面纠缠。她跟怨妇最本质的区别在于，无哭诉哀号。她不过在一点点地反省，反省自己和那个人的感情，怎么变成这样？怨妇是不懂得反省的。写日记的这个女子，她特别要强，不过是深感孤独，才在日记里抒抒怀罢了。比起如今的职业女性，她可有主见得多。落入诗中的情绪，始终淡淡浅浅。得不到丈夫的爱，不至于绝望地去"请死"。"请死"是我的故乡安庆地区农村流行的一种说法，非常形象化。所谓"请死"，按字面理解，就是请求死亡的意思，是主动寻死的一种强烈意愿。

这首《日月》里的女子，虽然不幸面临丈夫移情，但她没有方寸大乱，她才不是寻常的角儿呢，看她以日月起兴，可见心里边也不见得多自甘卑微，依旧一如既往地婉转自持，不比现在的男女，凡情感受挫，便火烧火燎地奔报纸杂志里专设的情感信箱而去——这种不能自我承担、自我消化的做法，是让古人相当瞧不起的，尤其让《日月》里这位女子瞧不起。如今，但凡识几个字、能写几篇文章的，纷纷开起情感信箱，个个以专家自居，为一些没有主见的男女指点迷津，效果如何，鬼知道。如今这年头，开个把情感信箱，可是个赚钱的好职业。当今国内开得最火的要数连岳信箱了，这个人的信箱总算有一些含金量。我们读它，并非抱着听怨妇故事的目的，而是奔着欣赏连岳的文采去的。到后来，那些怨男怨女的故事成了一个铺垫，我们真正欣赏的是连岳以哲学的手段去分析爱情的得失，总归有一种见地，起到了拨开云雾见日出的效果。然后，三方皆大欢喜：作为读者的我们获得了文字的审美愉悦，倾诉方照样获得了新生一样的阳光，而靠写作赚钱的一方更是满意——他收获了可观的稿酬。如今，在当下的中国，若幻想靠写作为生，是相当不容易的。若你又对"知音体"不以为然，则很难致富。唯有连岳是个例外，他开创了以哲学眼光指导情感纠纷的先河，在广大小资妇女中具有相当高的美誉度。

若当今每个失爱的人都能修炼到《日月》里女主人公那样的段位，恐怕连岳以及所有主持情感信箱的"作家"都要丢掉饭碗了。《日月》里的这个女子，她太能承担了，即便深陷孤独的困境，也绝不写信去求助于不相干的陌生人，而是自己静静地写着日记，然后慢慢地化解心结。所以，我说她是一个骄傲的人，在打击面前，颇显从容，更是一个有定力的人。一个有定力的人，必是一个有格局的人，什么都可以默默扛起来。我最欣赏她的"报我不述"，也就是不再纠缠的意思，一下把自己跟怨妇区别开来。日月犹在，生活还是要继续的，我一不披头散发到处去求助，二不绝望得要寻死。既然事情已经发生了，我就该静下心来想想以后的路怎么走下去。诗到不再纠缠而戛然而止。什么叫不纠缠？不纠缠就是忘却，然后活出新天新地来。

孔子说："诗三百，哀而不怨。"真是有道理，《日月》就是典型的一首哀而不怨的诗。它也是一首孤独的诗，自我梳理的诗，不比《氓》，《氓》不过是不识字的妇女找人代写的怨妇诗。同样是弃妇，《日月》里的弃妇是不同于《氓》里的弃妇的。弃妇不一定都会发展成怨妇，所以我才说《日月》里的女子，是个相当有格局的人。一个人做到有格局，怕也是难的吧，她要忍受多少寂寞孤独，慢慢把悲哀消化，然后才能从容地走出来，开始新一轮的生活。在这所谓的新一轮生活中，她怕是再也没有心仪的人，再也没有心心相印的陪伴，独自一人守着残烛孤灯，走完下半生。这说来说去，依然免不了伤痛，从容也罢，方寸大乱也罢，都是悲哀的事情，还是岁月安稳来得团圆祥和。可是，这样的温暖承诺，我们又怎肯轻易出口？现代的人，是越来越没有安全感了，正因如此，才想着去中国的古诗里寻觅慰藉，求得哪怕一刻的宁和，在精神上从容地把自己释放。

一直以来，情感与日月一样永恒，终是让人心心念念地牵肝扯肠。

野有蔓草，零露漙兮。

有美一人，清扬婉兮。

邂逅相遇，适我愿兮。

野有蔓草，零露瀼瀼。

有美一人，婉如清扬。

邂逅相遇，与子偕臧。

据说，一个人年轻的时候，若与一个对的人谈一场恋爱的话，那么，不管这场恋爱结局如何，对于他后来的人生都是有积极意义的。或许，他看待世界的眼光都会变得宽容起来，对于这个世界所持有的看法也不至于极端或偏激。

这话，我信。"邂逅相遇，适我愿兮"——谁年轻的时候，没有过如此美好的愿望？自《诗经》以降，几千年来，人类的天性从未改变过，这也是人的基本情感需求，是再正常不过的事情。

两个人相遇的地点，最好在蔓草繁密的旷野，是露水很重的清晨，阳光初起，柠檬黄的光线刺得人不得不眯起双眼。就在眨眼的刹那，一个女孩的身影布满视野。——她远远走来，是邻村的一个女孩。她挽着一只竹篮，走着走着，两人就在小路交叉处遇上了。四目相对之时，彼此便做出了一生的选择。其实，爱情不过是瞬间的事情，一刹即永恒。就这样，两个人在心里相互把对方确定下来。埋于心底多年的愿望在一个露水微凉的清晨实现了。我喜欢"邂逅相遇，与子偕臧"这样的句子，分明有了呼应，是一颗心对另一颗心的暖意，不再辗转，便轻易地过渡到"与子偕臧"的局面。爱情，有时就是这么容易获得。有的人一生也没能遇见那个想要的人，而有的人，仿佛抬足一步跨出去，就遇到了一段好姻缘。

我愿意把这首诗里两个人相遇的时间定格在初冬，漫山遍野的蔓草枯黄了，北风将要大面积地刮过，但寒霜尚未铺满大地，冰凉的夜露使得赶早的女孩穿起了稍厚的衣衫，但即便是厚重的衣衫，也遮蔽不了她的清嘉婉媚。那人想着，就是她了，正是符合内心所愿的女孩啊。人不期而遇，情也不期而至了。朱熹解释得好："男女相遇于田野草蔓之间，故赋其所在以起兴""言各得其所欲也"。

　　整首诗只有两小节，精致简洁，浅白如画，却也耐人寻味——在枯黄的蔓草里，我们仿佛看见了两颗温热的诗心慢慢走到一起的过程。

　　《诗经》里有许多邂逅的故事，到后来，大多不了了之，似乎《野有蔓草》里的两个人有了团圆的结局。而所谓爱情，就是在对的时间遇见对的人。在最美好的年华，我们怎能不去谈一场恋爱？不然，就太辜负自己的一颗心了。等年老，两鬓斑白，走路都瑟瑟颤抖的时候，怕是连爱的能力都消失殆尽了。——身边也许陪着一个伴，平素也就各自下棋阅报，莳花喂鸟，甚至一罐骨头汤，也要分好几天才能喝光，牙齿掉得差不多了，再也嗑不动坚果了，谈何爱的能力？而恋爱就是一项力气活，是需要强劲的心力支撑的，适合在年华正好的时候去谈。不然，到老了，便会遗憾终生。我看过一篇关于著名老诗人公刘先生的访谈，老人坦荡地对记者说，自己一辈子最大的遗憾，是没有经历一次刻骨铭心的爱情。那时，我年纪尚小，看得倒抽凉气。由于时代的关系，公刘先生一生坎坷，以致没有在对的时间遇上对的人，所以，一辈子引以为憾。

而杜拉斯、欧姬芙不过都是特例。——作为异人的她们，天生具备强大的精神磁场，一直活到老，爱到老，甚至耄耋之年也不放弃对爱情的追逐。但你看，在这些爱情喜剧里的另一个男主角可还是正当最好的年龄？一老一少配合默契，相互点燃对方。然而，若是两个同时进入耄耋之年的男女，就根本没这个相互点燃的力道了。

《野有蔓草》之美，美就美在相互看见上——他看见了她的"婉如清扬"。黑格尔说："整个灵魂究竟在哪一个特殊器官上显现为灵魂？我们马上就可以回答说：在眼睛上，因为灵魂集中在眼睛里，灵魂不仅要通过眼睛去看事物，而且也要通过眼睛才被人看见。"黑格尔这番话像一支利箭，射得既精准又漂亮。是的，所有的灵魂都集中在眼睛里。他一眼洞穿了女孩晶莹欲滴的明眸。——相爱的时候，我们是能从对方眼里看见自己的，这就是相互映照。

然而，什么叫在对的时间遇见对的人呢？我觉得，对的时间，就应该是年轻的时候。一旦错过，再遇见对的人就很难了——后来的岁月里，无外乎两种吧，非"罗敷有夫"，即"使君有妇"——即便相互遇见、相互爱上，结局也是不大好的。所谓第三者，也就是在错误的时间遇见了错误的人。

我公公有一老友，女儿年近四十，依然待字闺中。这个姑娘不大跟自己的父母交心，倒喜欢跟我公公谈天。一次，她说，自己都这么大岁数了，也不再挑剔了，哪怕对方五十岁也不介意。当我公公这样复述的时候，我暗自替她痛苦——仿佛我成了她，如此地感同身受——我能理解她内心的荒凉。在年轻的时候，她也曾邂逅过一个人，两人的恋情，由于父母的过分干预而宣告结束。原本她就是个内向之人，经历这件事后，婚姻大事就这样一直耽搁下来。她内心的荒凉里，有着无法诉说的隐衷——当她忆及自己在对的时间错过的那个对的人，可否痛悔？

沈从文当年热恋的时候，写信给张兆和："我行过许多地方的桥，看过许多次的云，喝过许多种类的酒，却只爱过一个正当最好年龄的人。"而这"正当最好年龄的人"是多么难得呀。

这首《野有蔓草》，在坊间同样流传着千奇百怪的版本。著名的闻一多先生硬是把它解释为一首淫诗。他把"邂逅相遇，与子偕臧"中的"臧"解为"藏起来"的"藏"。我私下猜想，闻先生当时应该是处于叛逆期的愤青年岁里，他这是有意要与孔子先生对着干。因为孔老先生早就为《诗三百》下过结论："乐而不淫，哀而不伤，一言以蔽之，思无邪。"闻一多先生偏偏反其道而行之，所以，才那么标新立异地把《击鼓》说成同性恋之作，而把这首《野有蔓草》牵强附会成性爱之诗。

《孔子家语》中有一个故事，说是有一天，孔子到郯这么一个地方去，在路上碰见了一个姓程的人。两人一见如故，在路上聊了整整一天。聊到后来，孔子干脆忘情地对子路说："快拿些绸缎给程先生。"一根筋的子路非常不高兴，竟教训起自己的老师来："我听说读书人没经人介绍就与陌生人见面，就像没经过媒人就嫁人一样，这是不合礼仪的。"这时候，孔子倒一点也不恼，云淡风轻地引用了《野有蔓草》里的几句诗："有美一人，清扬婉兮。邂逅相遇，适我愿兮。"然后说："这程先生啊，是天下贤士，也许我们以后一辈子都见不到了，你就快拿些绸缎送给他吧。"

孔子为什么周游列国时还随车带上许多好布料呢？据传，这些好布料都是孔子用来走后门的礼物。我特别能欣赏孔子引用《野有蔓草》里几句诗时的情怀、立意。他彻底把这首情诗引申扩散到男性之间的深厚情谊上面去了，却一点也不显唐突，反而令这首诗有了另外的生命。记不清是哪个大家提到过，说是在古代的哲学家中，最懂得文学欣赏的就数孔子和朱熹了，连孟子都赶不上他们。

作为后人，无论治学，抑或读书，都是我们要向孔子学习的地方，对于前人留下的文学作品，不禁锢，不闭关自锁，甚至有时候要有发散思维，这样，古籍才会一次次活过来，一次次在我们的注视下获得崭新的生命。所以，《诗经》一直是活着的，恰如一湾流泉，我们唯有带着一颗诗心去读，去解，没有其他坦途。

那么，我非常愿意把"邂逅相遇，与子偕臧"里面的"臧"，理解成"好"或"相爱"之意。陶渊明说："好读书，不求甚解。"这句话的意思，应该就是指热爱读书，但不过分地穿凿附会吧。

大车槛槛，毳衣如菼。岂不尔思？畏子不敢！

大车哼哼，毳衣如璊。岂不尔思？畏子不奔。

榖则异室，死则同穴。谓予不信，有如皦日！

　　每当读到这首《大车》，二十世纪八十年代末期的安庆地区的婚俗，就会迅速在记忆深处复活。——那真是一场声势浩大的思想解放运动，简直到了"沸反盈天"的程度，用现在的话说，简直太雷人了，把那些身为父母的家长雷得呼天抢地。我即将要讲的都是我们村的姑娘们私奔的故事，分别有着许多不同的版本，其传奇程度丝毫不逊色于红拂夜奔，更不输于卓文君被司马相如的琴声所诱的老套情节，容我一一道来——

村里那些女孩简直太烈了，她们对于爱情的赴汤蹈火的决绝程度丝毫不输于《大车》里的女孩。冰冻三尺，非一日之寒，私奔的念头也非一日形成的。在我们那个村庄，到了二十世纪八十年代中期，姑娘们的婚恋大事还都是由"父母之命，媒妁之言"的强大封建体系维系着的，每一桩姻缘的确定，她们似乎都满意得很，婚后不久即儿女成群起来，也不见谁有多大的委屈。几千年都是这么过来的。

直等到二十世纪八十年代末期的来临，乡村悄悄发生了变化，最显著的标志之一是有了黑白电视，我们终于有了夜生活。刚开始是去邻村看电视，《上海滩》《偏向虎山行》等港台片都是靠每晚几角钱的代价换来看的，几集片子结束，再疲倦地蹚着夜露走弯弯长长的田间小路回家。那时候，我们已经知道邓丽君的名字了，偶尔去镇上的时候，也会听到一两首她的歌，还有张蔷的尖嗓子……我估摸着，那时候，我们村的女孩子们对于自由爱情的向往就是被邓丽君的歌声唤醒的，那只是一个苗头，也许刚刚处在萌芽阶段，一切都是在地下进行着的。直到有一天，村北口的钱邮递员家闹出了巨大的动静。

我们把乡村邮递员都叫作"跑信的"。就是那个"跑信的"家的小女儿，她做出了一件"出格"的事情——她早已偷偷和同村的一个小伙子好上了。父母坚决不同意，说是有辱门风。我们村子的那些家长一直封建得很，若同村的男女青年相互恋爱通婚，他们绝对是不允许的。我们村子除了四家杂姓外，一律都是钱姓。虽早已不是一个宗族的人了，但长辈们一直把禁止通婚这条规则沿袭下来，甚至有的人家宁愿让自己的女儿嫁给外村的傻子，也不愿自己的女儿嫁给本村同姓的有为青年。这种现象维持了许多年，想起来真令人啼笑皆非。

"跑信的"家的小女儿可是开了先河，她理所当然地成了我们村自由婚恋的先驱者。那时，我年纪尚小，整天泡在一帮半大不小的孩子中，跟着"跑信的"家的夫人后面看热闹。只见她扛一把锄，急急来到女儿的对象家，找他们要自己的女儿。那个青年随便敷衍她两句，她气得拿起锄就去砸他们家的瓦。瓦片簌簌跌落，真是触目惊心。从此后，她的小女儿便失踪了。我们后来才知道，她的小女儿一直躲藏在一幢弃用的老屋里，一住就是好几个月，男方每天偷偷送饭给她。最后，他们还是不顾阻拦地去民政局领了结婚证。"跑信的"家的女儿叫小梅。他们领证以后，小梅的父母一直不认她这个女儿。据说，后来小梅父亲的早逝也与这件事有关。村里好事的妇女们背后都说小梅爸爸是被小梅的婚事活活气死的。

自从小梅开了先河以后，我们村里后来又接连发生了几起私奔事件。都是女方父母不同意，在家打骂，女孩受不了，索性与男孩一起离开村子，去外地打工。女孩的母亲咽不下这口气，以至在河边洗衣服的时候，都会恶狠狠地咒骂："我就当这个小婊子生病死掉了，就当没养这个小婊子！"口气好恶毒啊，恨意把儿女亲情都遮蔽了。但过不了多久，那个被咒骂的"小婊子"便拖儿带女地从外地回乡来了。到底是自己的女儿，母亲还是认下了，顺带做起外婆来。

后来，在一桩桩私奔事件的"感召"下，同村男女禁止通婚的封建体系逐渐瓦解，许多适龄男女顺利地相爱，并结了婚。现在想想，我们村的女孩该有多么刚烈呀，为了恋爱自由，任凭父母怎样打骂，就是不退缩、不妥协。——她们是付出了代价的。在二十世纪八十年代末期，这简直成了一项思想启蒙运动。她们一点也不逊色于《大车》里的女孩。

回头想想，自《诗经》到二十世纪八十年代的中国乡村，演化了几千年，却都一直上演着私奔的故事，幸耶？不幸耶？往深处想，真让人感慨万千。若是没有邓丽君以及港台片的催化，我们村的私奔故事还不知要延后多少年才能上演……

再来看看《大车》里的姑娘是怎样的刚烈性子，自己去意已决，倒是看出了那个小伙子的一丝胆怯，所以她有点担心他"畏子不敢""畏子不奔"。到后来，姑娘急了，于是立下誓言："穀则异室，死则同穴。"还怕小伙子不相信，又指天点地加上一句："谓予不信，有如皦日！"身在爱情之中的女子都是单纯的、感性的，反倒男人，在关键的时刻，会表现得畏首畏尾，他们思前想后反复盘算着到底值不值得，他们要考虑附加值，不像女孩子，飞蛾扑火也在所不惜。——这时候，爱情就像一个蛊，蛊惑她失去了常人的理智，以致有了"生不同室死要同穴"的坚定，哪怕吃再多的苦也不悔。自古以来，都如此，你看卓文君新寡在家，冷不丁听了穷得叮当响的司马相如弹奏的一曲《凤求凰》，便爱意萌生，跟爹娘连一声招呼都不打就跟人跑了。红拂更绝，在一个月黑风高之夜，从杨素家的司空府里逃出来，一路小跑到李靖家门口，猛捶人家的门。开得门来，见是披头散发的红拂，估计从小就跟地痞无赖打架惯了的粗人李公子也小小地惊了一把，可是这个红拂就是铁了心要与人家私奔。这样的刚烈做派，若碰到个胆小的男人，还不被雷昏吓死？就是这个红拂，着实不简单。她和李靖在私奔的路上不可避免地遭到了杨素手下的追杀，碰巧又遇到了武功高强的虬髯客，这个人在见红拂第一眼时就对她着迷起来。红拂利用的就是虬髯客的这一弱点，怂恿他跟自己结伴而行。你看，红拂的小算盘打得多么精明，没花一两银子就雇了一个武艺超强的保镖。要不，她与李靖早就暴毙于私奔的路上了，李靖又如何能做成后来的卫国公呢？

红拂不愧为所有私奔者的楷模，并非一味地被感情冲昏了头脑，她既有胆略，又足智多谋，必要的时候，不惜利用自己的美色"公关"，使得自己和情人在私奔的路上有另一个男人心甘情愿地保驾护航。同样是私奔，红拂远比卓文君高明，她的眼光准得很，仿佛料得到不久的将来，她的心上人就能做上卫国公。不像卓文君，到后来差点被分居异地的司马相如给甩了。她从头至尾都被司马相如先生利用了，他图的是她家的万贯钱财，并非她卓文君这个人。所以《围城》里赵辛楣说，这女人呀，她要是傻起来，就没个底！

私奔，乍听起来，该是件多么浪漫的事情啊！可是，真正去实践的人的辛酸，我们谁身临其境地体会过呢？红拂甚至冒着生命的危险，一路走来，需要克服多少艰难困苦！但这毕竟是一件充满挑战意义的事情，只有情感的先驱者才敢这么干，比如我们村的姑娘小梅。如今，她怕也是两个孩子的妈了。——那个曾经为了爱情而躲在那幢鬼气森然的大黑屋子里的女孩终于成了母亲，岁月的风霜已然布满她的华发……

如今，再也无须去私奔了，但邓丽君的歌，我们一直在听着。她唱：

任时光匆匆流去，

我只在乎你。

心甘情愿感染你的气息。

人生几何能够得到知己，

失去生命的力量也不可惜。

所以我求求你，

别让我离开你。

除了你，我不能感到一丝丝情意……

爱情，毕竟是两个人的事情，但凡你情我愿，就再也无须太阳做证了。

君子于役，不知其期，曷至哉？

鸡栖于埘，日之夕矣，羊牛下来。

君子于役，如之何勿思！

君子于役，不日不月，曷其有佸？

鸡栖于桀，日之夕矣，羊牛下括。

君子于役，苟无饥渴？

林庚先生说这首《君子于役》是情生文，也是文生情。这里的"情"，依我的理解，应该是情景的情。看见"鸡栖于埘""羊牛下来"这样温馨的恒常之景，自然想起了生命中的不寻常——

远在边疆的夫君，于是，刻骨的思念之情蔓延成灾。

由于在乡村长大，我对于"鸡栖于埘""羊牛下来"这样的景趣太过熟悉。因此，读起这首诗来，便唤醒了一种久远的记忆。日暮思归，与触物伤情一样，仿佛是人的天性，无法控制，无法摆脱。对于成人如此，而对于童年时期的我而言，更有过之而无不及，那是一种隐藏了多年的不为人知的体验——

黄昏，鸡鸭鹅都进了禽舍，牛羊也都从山上下来进了圈，我一个人蹲在村口的小路旁张望，始终不见妈妈从田畈归来的身影，长时间地被寂寞纠缠着，饥饿，内心备感荒凉。天快要黑了，对于黑暗的恐惧是幼童克服不了的。一天天地，我总在村口张望，焦躁，无聊，憧憬，五味杂陈。好不容易远远望见一个人影宛如妈妈，便喜悦地跑上前去迎接，可是，待走到能看清那人的面貌的地方，希望却又落空。希望与失望之间的落差，令幼小的心一次次遭遇莫名的重创。这种创伤不为人知，又无法启口，所以才伤得深重。童年的大半光阴，几乎就是在这种日暮思人中默默度过的。

所以特别向往那样的一种情景：黄昏的时候，太阳给西天镶上一道道金边，西天映照在小河里，明黄色的河水流淌着……我在门口的空地上抛撒同样明黄的稻谷，鸡鸭鹅鱼贯而来，赶在太阳落山前吃上一顿丰盛的晚餐，然后咯咯咯、咕咕咕地叫着去禽舍安歇下来。这时候，我迅速地跟上前去，插上禽舍的木闩。灶上的粥已熬好，把手洗净，就等着妈妈一脚跨进家门，然后揭开锅盖，舀一碗滚烫的粥给辛苦的她。

在记忆里，夜幕降临那一刻，特别温馨，总有一种万物归家的安宁。可是，这样的好时光何其稀少。——每到农忙时节，田畈仿佛成了妈妈的家，她总是早出晚归，是真正的披星戴月。等我们姐弟仨好不容易把她等回家，吃上晚餐，那些鸡鸭鹅早已进入了梦乡。

童年时期，我在村口张望多久，那种日暮思人的折磨就有多深。太过深切，所以难忘，于是也就加倍能理解几千年前的那名女子的远望思人之情。

诗人杨键曾经说，亭子都是古人用来远望和思归的。我觉得杨键说出了古人的情怀。而在我小时候的村口，根本没有凉亭，通向村口的，是弯弯曲曲的小路，像蛇一样逶迤。——此时的小路替代了凉亭，也是用来远望和思归的，至少对一个孩子而言，当是如此。夕阳西下，她焦急地站在村口，妈妈对她来说，何尝不是"不知其期""不日不月"？

自小便尝到了日暮思人的滋味，如今再读这首《君子于役》，分外有感念，这女子，仿佛是我的化身，让我重复了一遍乡村生活。那种思念是磨人的，像一把钝刀，割得人辗转难寐，粥饭不香，是无所寄托的心神不宁。连鸡鸭牛羊都回到团圆之地，可是人呢？却不能够。胡兰成说过，古代的先民无非求的是一个现世安稳。

然而，置身于那样一个兵荒马乱的时代，又如何求得了一个现世安稳？所以便有了《君子于役》。诗写得平实日常——"鸡栖于埘，日之夕矣，羊牛下来"，原本一派宁静和美的日暮之景，可是接下来呢？她想到了"君子于役"——心爱的那个人远在异地，她又怎能不思念他？所以她说："如之何勿思！"这种情怀始终默默流淌在心里，不能表露出来，以防公婆、儿女有所觉察，她也许一边强颜欢笑，一边任思念在心底翻滚，这种感情最为锥心。就是这种强忍悲伤的感情最折磨人。

诗分两节，前后句子没什么大动，写的都是日暮时分的远望思人之情，只有第二节的最后一句有了变化。她先是思念他，到末了，竟担心起来，也不知道他可吃得饱、穿得暖。担心、牵挂远比单纯的思念更磨人，这样的感情又多了一重，先是自己苦着，为思念所苦，然后又替那个远在异地的人苦着。这一点，就特别像我妈妈。曾经，她去北京的弟弟家待了半年，临走时，当她给弟弟做最后一顿饭时，独自淌眼泪。我爸爸问她怎么了，她说，一想到孩子每天晚上七点才到家，还要赶着做饭，她就感到难过。回到小城，每当想起这些，她依然难过得很。我想，这种悲伤的感情，远比她单纯的思念之情来得强烈，来得伤怀。诗中的这个女子跟我妈妈一样，到末了，总担心心爱的人吃不饱、穿不暖——他该是多么可怜啊，身边也没人照顾他。一想到这些，怕是连心尖尖都痛了吧。

这首诗也是典型的"以乐景衬哀情"的诗，原本是温暖安宁的乡村景趣，却把悲伤之情衬得如此哀凉。

多年以后，一个叫王维的诗人，也写过一首反映乡村景趣的诗——《渭川田家》，非常好，与《君子于役》一样平实：

斜光照墟落，穷巷牛羊归。

野老念牧童，倚杖候荆扉。

雉雊麦苗秀，蚕眠桑叶稀。

田夫荷锄至，相见语依依。

即此羡闲逸，怅然吟《式微》。

把王维这首诗翻译成白话就是：

夕阳照着村落，幽深的巷子里，牛羊已经回来了。老人心里惦记着做牧童的孙子，独自挂着拐杖在门前等候。野鸡在鸣叫，田里的麦苗已经吐穗，蚕开始吐丝，桑叶已经稀少。农夫们扛着锄头归来，相遇时亲切地打着招呼。多么羡慕这悠闲的农家生活，怅然吟唱起《式微》。

你看，中国的诗风始终都是一脉的。大抵"出差"在外的王维，偶然遇见这永恒的乡村闲趣，不由得在心里暗羡起农夫们的宁静生活，身不由己地吟唱起《式微》来。而《式微》不正是《诗三百》中的一篇吗？你看，这口气就这么轻易地给接上了——"式微，式微，胡不归？"你为什么还没有回来？王维这首诗里是有深意的，我想，他的"胡不归"的自问，并非出于儿女情长，而是源于一种灵魂的归隐吧。这也是人生的一种更为宽广的思归之情，大抵跟陶渊明的"采菊东篱，种豆南山"是一脉的。

王维这首《渭川田家》跟《君子于役》，都是因情生文或因文生情之作，二者皆长于平实而短于修饰，给人一种浑然之感。两首诗的不同之处在于，我们在读《渭川田家》时，是能够捕捉到一种田园归隐的道家信息的，间或有一份恬淡的喜悦和超脱之情；而读《君子于役》则不同了，正是生活中的安息宁和，才使人想到辛苦在外的人，于是有了牵挂和悲伤……这种聚散离乱之叹，令人备感深切。这就是平实的爱吧。而人世，不正是由这千万份平实的爱支撑起来的吗？有了这份爱，我们才会有牵挂，才会有"人生不相见"的感伤离乱之情。

> 嘒彼小星，三五在东。肃肃宵征，夙夜在公。实命不同！

> 嘒彼小星，维参与昴。肃肃宵征，抱衾与裯。实命不犹！

作为二十一世纪的一名打卡族，更是一名穷忙族，每次读这首《小星》，都特别有共鸣。我猜，写这首诗的应该是古代的一个小公务员吧，他可能是个小官吏，薪水拿得不是很多，每次上交工资的时候还要被老婆大人抱怨，他却要天天起早贪黑。他写这首诗，无非是抒发一下郁闷的心情，感叹工作的辛苦，间或还有那么一些抱怨的情绪。这点抱怨，流传几千年后，正好被我们这些穷忙族一把接住了，纷纷感同身受起来。

回想漫漫打卡生涯，有无限感慨。我目睹一个小小打卡机怎样把一个原本特立独行的人慢慢磨成一个平庸的人，让他心甘情愿地成为一个中规中矩的打卡族。常常眼看那个规定的时间就要到了，于是"狼奔豕突"，一路小跑至打卡机前。有时实在跑得太急，一脚踏空，皮球一样在楼梯上滚滚而下，鼻青脸肿暂且不管，爬起来继续奔跑，急急地把食指伸到那架万恶的机器前，随着"嘀"的一声响，才算轻松下来。这时候，痛意泛上来，要哭都不能的。那么，就忍着吧。这就是《小星》里所说的"寔命不同""寔命不犹"吧。人生里有多少时刻需要忍耐呢？我们不过是抱怨一声罢了，第二天照样爬起床去上班。

可是，就是这样的一首反映穷忙族的《小星》，却被《毛诗序》认为是一首赞颂大老婆宽容、小老婆贤惠的诗，真是让人啼笑皆非。《毛诗序》里原文是这样讲的："《小星》，惠及下也。夫人无妒忌之行，惠及贱妾，进御于君，知其命有贵贱，能尽其心也。"——多年前，我就上过这《毛诗序》无端猜测的当！现在，我识别的羽毛终于丰盛起来，可以"一飞冲天"了，《毛诗序》再也不可能绊住我了。

《小星》里的夜行者形象，除了被《毛诗序》说成"小老婆"之外，还有数不清的别本，后来的人们，想象力真是无穷无尽，赫赫有名的胡适甚至认为这根本就是一首反映妓女生活的诗。胡适的考证功夫向来出了名的了得，他针对"抱衾与裯"一句，找到《老残游记》，里面记载有"黄河流域的妓女送铺盖上店陪客人的情形"，于是，"认"出了那名夜行者的身影是一名妓女。当年，胡适把这个观点发表在媒体上，惹来许多人的讨论，俞平伯、周作人都参与进来了。他们纷纷以书信的形式撰文商榷。尤其周作人，批评胡适读诗不应过分地关注个别字词……后来，也没见胡适出来申辩——可见，他还是服气俞、周二位的。五四时期的文人学者，当是可爱的一群，争论辩驳，无不为学问计。

我想，诗中描写的时间应是寒冬腊月吧。冬天的温暖被窝是多么让人贪恋啊，可是为了那份工作，他每天不得不很早就起床了，他怎能不抱怨呢？想睡个囫囵觉的小小愿望都破灭了——人生里小而又小的愿望啊，都不能实现，这叫人怎么快乐得起来？这分明是自怨了，所以最后还是爬起来了，用一句"寔命不同"为自己开解，穿好衣服顶着严寒当差去了，宛如我们打卡的时候宽慰自己："也好啊，每个月就这么把食指伸进去，也能拿到千儿八百的工资呢。"如此，一颗起伏不平的心就也安静下来——工作何尝不是一种人生磨炼。慢慢地，要不了几年，烈性的脾气，不妥协的精神，自会被小小的打卡机磨平了。待到真正接受了，我们也有家有口拖儿带女了，这时候，就更没脾气了，因为要养家啊，你敢为了不打卡而辞职吗？这就是小民的悲哀——人生里随时潜伏着小烦恼、小挫折，像狗一样突然蹿出来，趁你不注意，咬你一口，也许到了那时，都无须喊疼了。

其实，我杂七杂八地说这么多，还是没有解决实质问题，那就是，诗中的"抱衾与裯"到底怎么解？争议的焦点不就是在这个"抱"字上吗？诗中的小公务员干吗天还没亮就"抱衾与裯"呢？他不是要起早上班去吗？到了闻一多这里，就迎刃而解了，闻先生把"抱"解释为"抛"，一切都明白过来，原来，这个小公务员是把温暖的被子和床帐蹬掉了。我们看闻一多是怎么翻译这首《小星》的：

闪闪烁烁的星儿，

三三五五亮在东天。

匆匆忙忙赶着夜路，

披星戴月去上班，

唉，该是命里注定的磨难！

闪闪烁烁的星儿，

是参星和昴星亮在天边。

匆匆忙忙赶着夜路，

顾不上整理床铺被单。

唉，摊上这个命怎么办！

闻一多在这首诗前忽然明白过来，他没有按照他一贯的作风，把这诗解释为一首淫诗。可见，他的辨别力和洞察力多么非同小可，倒是胡适一头栽倒在这首诗下了。

学问是做不尽的，而我们这些上班的穷忙族，依然一如既往打卡去，生活一直行驶在既定的轨道上。好在我们终于弄清，这首《小星》写的不是小妾，它不过是写出了上班族的心声。

采采芣苢，薄言采之。采采芣苢，薄言有之。

采采芣苢，薄言掇之。采采芣苢，薄言捋之。

采采芣苢，薄言袺之。采采芣苢，薄言襭之。

　　少女时期在乡村的时候，每逢阳春三月，对小女孩而言，田野便仿佛成了一个巨大的游乐场——我们纷纷变得勤快起来，不待大人提醒、催促，便早早出门，挎上竹篮，带上微型铁铲，去田畴野畈打猪菜。处处花红柳绿，蜜蜂快乐地飞翔，从一朵花到另一朵花。万物被暖阳照着，快活地抒情。风在抒情，从村东吹到村西，然后跃过山冈，去了更远的地方；河水在风的感召下早已解冻，舒缓地流淌，也是一种抒情。只是它们始终那么从容，不疾不徐，缓慢地带走了光阴和枯枝败叶。我们去田畈，经过的地方就是河流，顺势在岸边照一照，小身影在水波中变得弯曲，整个身躯像是跟水打了一架，到底败下阵来，终于被水扭曲变形了。

岸边终是不宜久留之地，我们要到更为空旷的田地里去，那里有摘不尽的马兰头，掐不完的猫耳朵，散发着芬芳的药香。这些都是猪爱吃的植物。我们半跪在田埂上，向下钩着更加茂盛的野菜，汁液淋漓，染绿双手，要不了一会儿，便采满了一篮野菜。把篮子挎在胳膊上，眯起眼睛往回走。这时候，人就会无端地快乐起来。人一快乐，就会歌唱，这仿佛是与生俱来的天赋。从无固定的唱词、曲调，大抵过年时，零星从外村玩花灯人的嘴里学来的，比如，"八月桂花遍地香"，也就这一句，反反复复，在田野里久久回荡，不小心把田鼠都惊起来，飞速地逃窜。如今细究起来，不免可笑，阳春三月，怎么唱起了"八月桂花遍地香"？可见，乡村的文化元素多么贫瘠，甚至都找不着合适的语言去抒发春天的情怀。而人心的蛮荒是如此广阔，我们一直与日月星辰做伴，彼此感受着对方，体贴着对方，可是，总是苦于找不到合适的语言表达情怀，唯有寥落地哼一句——"八月桂花遍地香"。

冬天的夜，在温暖的被窝里读《诗经》，不经意间翻到《苤苢》这首诗，早年的记忆又一次被激活了。少女时期的一口气息在沉睡了多年以后，就这样在一个平凡的冬夜轻易地被接上了。这口气好长啊，它一直睡在我的记忆里，终于被一本《诗经》唤醒了。

原来，远古时期的人们跟我们没有两样，他们在采摘的时候，也是要歌唱的，简洁明了，不过是抒发一种快乐的情怀。人类的天性始终未曾改变过，历经千年的风霜雨雪，依然如此鲜明。

关于这首《芣苢》，我觉得清代学者方玉润在他的《诗经原始》中解释得最妙：

读者试平心静气涵咏此诗，恍听田家妇女，三三五五，于平原绣野、风和日丽中，群歌互答，余音袅袅，若远若近，忽断忽续，不知其情之何以移，而神之何以旷。

其实，说到底，这就是一首采摘小调，车前子作为一种中草药，具有利尿之效，酷夏时我们用它煮水喝，是可以消暑气的。车前子的成熟期应该在春末夏初吧，当穗子上结籽了，就可以连根挖起，在屋檐下阴干，需要的时候取一点煮水喝。

为何人在劳动的时候那么快乐，情不自禁地歌之舞之呢？那是因为潜意识里对于土地的恩赐始终怀有一颗感恩之心吧，所以理所当然地唱出来。原本平淡无奇的语言一经高音叠腔的参与，便分外婉转起来，唱得人的一颗心也变得浩荡起来。人心的愚昧无知渐渐被赶走，然后由歌唱来统治。

异常怀念二〇〇八年深秋的那趟柳州之旅，我分别去到苗族、侗族自治县。他们原生态的歌唱深深地打动着我的心，我一次次几乎要热泪盈眶。——在那些原始的土地上，有青翠的草木，永不停歇的河流，永远也飘不走的白云青烟……少数民族的歌声，那么圆润和美，浑然天成，是众生合唱，唱诗班一般庄严神圣。我没能进入他们特有的语系中，但我分明懂得了那样的境界——那些快乐的歌唱到后面，就一直上到了云霄，托着一片云朵，再也不回来了。所以，他们的每一次歌唱，都是绝唱，随白云一起飘远。那个时候，我的心里分明有了巨大的空洞，空旷又荒凉，无以形容的哀伤，久久不肯退去。好比于荒野田畈观瞻星月，美好得进入孤独的绝境，靠个人之力是无法突围的，于是就那么待在那里，与星月做伴而默然不言。

孔子说，读《诗经》，可叫人多识草木鸟兽之名。我想，不仅仅是这样，这些草木鸟兽的背后，一定承载着另外的东西，直叫人心心念念。就拿《芣苢》来说，短短三小节，每小节四句话，每句话四个字，字词变化不多，念起来朗朗上口，这背后是有意象的——大约是春末的时候，田野里充满暖意，一些女子结伴出门来，她们一边收获着车前草，一边歌唱着。歌声飘荡了几千年，忽然在一个冬夜被一个人接着了，一口气就又续上了，使这个人重回少女时代，回到故乡安庆的那片田畴野畈，回到马兰头、猫耳朵芬芳的药香中……

土地有几千年的年岁，山川草木也是，唯有人，走了一茬又一茬，而永恒的依然是歌唱的天赋。

《柏舟》：
爱像是昨天

　　泛彼柏舟，亦泛其流。耿耿不寐，如有隐忧。微我无酒，以敖以游。

　　我心匪鉴，不可以茹。亦有兄弟，不可以据。薄言往诉，逢彼之怒。

　　我心匪石，不可转也。我心匪席，不可卷也。威仪棣棣，不可选也。

　　忧心悄悄，愠于群小。觏闵既多，受侮不少。静言思之，寤辟有摽。

　　日居月诸，胡迭而微？心之忧矣，如匪浣衣。静言思之，不能奋飞。

鲁迅说《诗经》里的弃妇诗，无一不"悲凉之雾，遍被华林"。我不太同意这个概括性的总结，失之偏颇了些。比如这首《柏舟》，同样是丈夫有了新欢，她不过是独自一人写诗抒怀，所表达出的情绪跟"悲凉"丝毫无涉。这个女子那么自持、自重、自尊。寂寞是有的，那是灵魂的寂寞。这首诗写得婉转低回，没有一句怨天尤人的自怜、自悯。"我"原本是可以去醉酒的，或者去远方出游，可是"我"不愿那么做罢了，也不屑这么做——这么做的结果又能怎样呢？生活依然要继续，该面对的一样少不了。即便醉了酒，即便出门远行过，那么，酒醒之后，远行回来，又能怎样呢？这些都不过是一种消极的逃避罢了。

面对感情的变故，除了劈面而上，别无他法。在命运面前，我们向来是无招数可言的，何况置身复杂迷离的感情世界？一样也回避不了，只能迎上去，即便迎上的是一面闪亮的刀锋，让自己血肉淋漓。而回避又是多么丧失尊严的举措，尤其在感情世界。

张爱玲在谈及《小团圆》时说，爱情的万转千回，完全幻灭之后也还有一点什么东西在。

那么，能够留下什么东西呢？大片空洞的心，无以为寄的悲酸寒凉……然而，历经这苍白的阶段以后，我们依然可以重拾——在空无一物的内心埋金埋沙。男女间的交集堪比习武之人，向来讲究际遇，有的人，可以在粪堆里造出玉雕，而有的人，则肆意将五彩的锦缎蛀成朽烂。

所以无须回首，种种细节不过是虚幻的。《柏舟》中的女子应该是一名知识女性，她的文化素养以及矜持让她迥异于一般的底层妇女。底层妇女的眼界无法宽广，是作为哀怨无告的妇女形象出现在诗篇里的。一旦被丈夫所弃，唯有细数从前——那个人当年如何追求自己，如何对自己好，现在怎么就摇身一变成了冷酷无情的人呢？那时，丈夫是她们的天，作为"天"的丈夫另觅新欢，是彻底把自己否定了，即便自己贤惠持家、孝顺公婆，也一样逃不了天塌下来的惨淡局面。丈夫把她头顶上面的一片天拿走以后，她成了无路可走的孤儿，只能一味地自怨自恨。一个无处可去的人，是可悲可悯的，而她的悲伤又是那么的无力，像雾一样笼罩着森林，迟迟不能散去，以致她后来的命运始终模糊不清。

《柏舟》中的女子到底不同，她首先把生命的尊严亮出来，脱离了低级的嫉妒、自怨情绪。也许她一直懂得，感情是自己的事，与他人无关。

洪晃接受媒体采访，当谈到过去的婚姻时，她特别坦荡——当年她之所以离开陈凯歌，是出于嫉妒：怎么有那么多女人喜欢自己的丈夫？她讲，若再不从那桩婚姻中把自己解救出来，说不定自己就会成为泼妇。我非常欣赏她这种坦荡的情怀以及自省精神，丝毫不回避人性的弱点，所以才能把自己从"泼妇"的边缘拉回来。在婚姻里，选择离开，并非意味着失败，有时，则是另一种解脱，为自己的心，给出一条更宽广的路。心里的路纵横交错，千千万万条，是血脉流畅的，它不同于抽象的命运之路。而人心最好的出路，是对自己有所交代。感情永远是排他的，若那个男人另有所属，又怎能不嫉妒呢？人性的弱点谁也克服不了，所以，一个理智的女人是会适时调节自己的，懂得分寸，懂得进退——即便进退是那么两难。

不是所有遭受感情重创的女性，都愿意把自己变成妒妇和泼妇的，她们在恰当的时候反省自己，然后把自己从这种感情的泥淖里拯救出来，做到不怨不恨，更不会迁怒于另一个女人。

嫉妒，仿佛成了人性中最难以克服的一种弱点，尤其是女人——千百年来，围绕男人与名利，许多著名的女人都自觉或不自觉地把自己推向嫉妒的深渊，魏女掩鼻、吕后制造人彘事件莫不如是。在原本纯粹的感情事件里，最能体现出人性恶的本质。《韩非子·内储》里，有一则《掩鼻记》，讲的是这样一个故事。楚怀王一直宠幸一名叫郑袖的妃子。一天，魏王给楚怀王送来一名魏国美女。喜新厌旧向来是大王们常犯的毛病，于是，楚怀王把郑袖冷落在一旁，一心眷顾魏美女。失落的郑袖妒火中烧，并暗自设计。平日里，她故意装作大度的样子与魏美女亲近，常送一些小礼物给她，或者比较体己地告诉她楚怀王的一些生活习惯……如此一来，叫涉世未深的魏美女怎能不对这位郑袖前辈心怀感激呢！一来二去的，两人的关系迅速上升到闺密的高度。话说一日，郑袖又来点拨天真的魏美女了："听说大王非常喜欢你的美貌，但就是不太喜欢你的鼻子。"无心机的魏美女信以为真，以后每见楚怀王时，常以手掩鼻。楚怀王非常诧异。有一天，怀王恰巧碰到郑袖，便向她道出心中的疑惑："魏美女每见寡人，则掩其鼻，何也？"郑袖是这么进谗言的："魏美女常对别人说，大王有口臭，见面时需掩鼻方可忍受其臭……"楚怀王大怒，立即下令割掉魏美女的鼻子，将其逐出宫去……

仅仅是因为嫉妒，便谋划毁掉一个无辜女子的容貌以及前途——人心的恶毒相当可怕。

然而，面对已逝的感情，无论是现代的洪晃，还是几千年前《柏舟》里的女子，她们总得面对吧，那也是万箭穿心的时刻，何其艰难。人心非石，是温度与热血的所在，接下来该怎么办才好？于是那个女子说："我心匪石，不可转也！我心匪席，不可卷也！"翻译过来大意是：我的心又不是一块石头，不可以随便收起来藏好；我的心也不是一块竹席，不可以随便地卷起来。万事艰难，都难不过这一颗心。肉体之伤，随着时间的流逝，可以慢慢愈合如初。然而，心灵的伤口呢？又是多么难以自愈。到这里，我们终于明白，这首诗所表达的无非是一颗心的难以对付吧。

这颗心究竟成了什么样子？是"心之忧矣，如匪浣衣"。这颗心有那么多忧伤，就像穿着脏衣服。然而脏衣服毕竟是自己的，又怎能丢弃呢？接下来，会不会将其一件件洗好晾干，再一件件地把褶皱熨平，挂回原处，日后平淡无事地穿上它们，就当什么也没发生过？可是，又怎能像没发生过？所以张爱玲才说，虽然感情已逝，但最后总会留下一些什么东西的。这话说得仿佛有无以为寄的苍凉，分明又蕴藏着无尽的感慨。一颗心，有所感，有所触，因为它始终是热的，而情变就是恒常中的不平常。

在感情的世界，并非人人都能恒常不变，所以人间才有了那么多的悲欢离合、爱短愁长。

最后，我不得不说一说"静言思之，不能奋飞"。每当想起《诗经》里的这一句，都会无比感念，仿佛一支箭闪着烈烈火焰把我的心一把戳穿，连皮肉也闻得见焦味了。是怎样的感同身受呢？现世里千万个你我，何止遭遇到感情的重创才有如此一叹——在人生的方方面面，都可能遇到前途叵测的时刻，想挣脱又无以挣脱的时刻，把自己陷入灭顶之灾过后的万念俱灰，将一颗心理智地分析又分析，前生后世，来路去路……原本是有"我欲乘风归去"的决绝的，可是，稍微一碰触现实——万恶的现实总是要拖我们的后腿——这"不能奋飞"的背后又隐藏着多少苦衷？

风雨凄凄，鸡鸣喈喈。既见君子，云胡不夷？

风雨潇潇，鸡鸣胶胶。既见君子，云胡不瘳？

风雨如晦，鸡鸣不已。既见君子，云胡不喜？

在一个春夜的凌晨醒来，楼下人家养的一只公鸡一遍又一遍地打着鸣，吵得人越发难以入眠，一如《诗经》里的"鸡鸣喈喈"。联想到这里，我觉得自己委实懂得了《风雨》的深意。四年前，也曾解读过，但被如今的眼光一一否定了，曾经的识见，也着实不是那么回事儿。

这首诗写得特别隐——那不过是昨日的爱情。诗里的女主人公在心里边早已千帆过尽，一颗心在岁月的磨洗下，也逐渐地淡下来——虽然时有热血流淌，但那也不过是落日红，在群山翠岚的掩映下，光芒不再刺眼……一个女人一旦低头认命，即意味着她终于过上了踏实随时的日子。什么叫随时？不过是顺遂了天时人事，不再叛逆决绝，不再碰破南墙头不回。

然而，谁又能说，在柴米油盐的琐屑压迫下，她不可以小小地放纵一把，重拾往日呢？

愿意跟女人纠缠一生的不外乎爱情——那曾拥有过的，得到过的，又失去了的，怎么着一个人的时候，也是襟怀别抱啊。

与《诗经》里以草木鸟兽起兴的诗篇不同，这首诗以天时起兴，仿佛暗示着一种天命，暗示着爱的不可逆转。多年以后，她在回忆当时的情景，一层递进一层：风雨里，鸡鸣中，与你相见了，却为什么内心不能平静？为什么不能病愈？为什么不能有喜悦？按照常理，心爱的人来看自己了，能不病愈，能不喜悦吗？可是，她依旧病着，不能喜悦。可见，里面埋藏着难言的隐衷。张爱玲说，两个在精神上恋爱的人，一定可以结婚。这么说，是可以走向团圆的。然而，《风雨》里的女子当年为什么不能喜悦呢？也许，她早早预见了不能走向团圆的未来。是心魔的无法逾越，还是门第的悬殊？以女性的心思揣测，我觉得很可能是前者，她战胜不了内心的自卑，自己给自己设了一道魔障。

历来如此。在所爱的人面前，我们终归是怯懦又薄弱的，着魔一样无可挽回地陷入自卑的泥淖，无以自救。我们像患了强迫症一样总是卑微地把自己想象成一块不起眼的蓝丝绒，而把对方拔高成一块和田美玉——蓝丝绒的寒碜如何承接得住和田美玉的温润璀璨？

　　一切不过是源于爱的光芒太过强烈，它威逼着我们，使我们不得不低下骄傲的头。所以，女人在心爱的男人面前始终是低着头的——我是指精神上的低头。为什么会造成这样的弱势局面？也许迷失于粗陋的容貌或者浅薄的学识，但就是不懂得，爱情最可倚重的，是热烈向上的心，以及灵魂的相融相缠。

　　或许是出于一种体面的防守，从不肯挑明，只是一味地悲观下去，久而久之，连自己也会生厌——与其日后被动地陷入被人抛弃的不堪，不如现在干脆来个彻底了断，至少保全了一份尊严。而那个人，至今尚一头雾水。曾经的挣扎、辗转、苦楚，都付诸流水。

　　在爱的长河里浮沉流转，有几个姑娘可以拿出那份飞蛾扑火的精神？弄不好，你扑的还是一个冷硬如壁的灯罩，尚未抵达火焰的中心，就已撞死在路上，落得个长久的笑柄，以致后半生都处在屈辱的不堪中。所以，在爱面前，女人是擅于回避与拒绝的，一得永得，一失永失。这种选择来得相当的悲壮，即便破了、碎了，也极体面，大不了，把这份爱留在记忆里永生，也要好过冒险地去尝试，然后被弃。

说到底，是因为自卑、害怕，所以主动放弃。回首迷茫的青春期，我们活得是那么的自甘卑微，或多或少都主动掐断过恋情初萌的花叶。日后，忆及这种自我葬送，不免悔恨生，就当死过几回吧。我们的一生中，不指望树树开花，但也要春心荡漾过，才不负此生。

说来说去，这就是心魔作祟。一旦春意萌生陷入恋情，便也就唤醒了一颗向善向美之心。然而，我们总是抬首低头间就发现了自己的灰暗颓败，却一厢情愿地把对方拔高到完美无缺，所以觉得自己高攀不上，从此放弃，以致日后才有了《风雨》中女主人公的怅惘——当初"我"看见他，为什么内心不平静？为什么没有喜悦？逝去的爱，她一直守口如瓶，仿佛一桩秘密，只有她坐在世界的中心，守住了爱的完美如初，甚至带到坟墓。一路辗转而来，是有一些悔意的。然而，人生如河流，始终向前，容不得我们困苦、难过。

在这个失眠的春夜里，我以为自己着实懂得了埋藏在《风雨》中的深意，似乎划着了一根火柴，记忆的焰火星光微闪，借着几星微光，或许有几行薄泪，凉凉地湿了枕头，就再也不能成汹涌之势。人到后来，泪腺会越来越萎缩，直至枯竭。这就像，世事艰难，它可以把一个人的华彩逼得枯淡。

为何在爱情面前，女人始终绕不开自卑的泥淖？时代的风雨始终琳琅——两千多年前先秦时代的女子如此，两千多年后的女子，依然如故——彻骨骄傲的张爱玲，当年初遇胡兰成，也是不可避免地一下把头低下去，低下去，在尘埃里开出自卑的小花。不同的是，张爱玲的强大到底克服了这种精神上的自卑，从而有了牵手的团圆——即便这种团圆是那么虚幻，宛如在薄冰之上行路，落得人仰马翻的结局。

在爱面前，这种自卑的种子一旦落到芸芸众生的心田，就从此生了根发了芽，连暂时的团圆也不能拥有。——说到底，许多幸福都是我们亲手断送的，怨不得别人。我们把这些不可逆转的、不可克服的，统称为——命运。

爱情是经不起摔打的，它永远那么明亮薄脆，我们的一颗心何尝不是如此？天时风雨，月月有，年年来；鸡鸣声声遍遍，啼尽人间的悲欢离合。作为人，经风历雨，原本平常。然而，爱，作为平常中的不平常，又是那么让人心心念念，于是在睡不着的夜，披衣下床，作一首《风雨》，不过是一种对于往昔的悼念——爱情不死，它一直沉睡着，沉睡着，至死都没能醒来。

鸡叫三遍，天也亮了，草草把精神上的空洞悉数掩埋，全情投入可哀又可叹的俗世生活，走向通往菜市场的小路。微风恰过，吹乱了鬓发，顺势拿手捋一捋，让它跟我们的心一起平复如初。一转念想着家里，小儿嗷嗷待哺，鸡鸭成群，于是赶紧走几步，把一篮菜绿菜红匆匆拎回来。

日子向来就是这么且淡且浓地过着，犹如《诗经》一般，让人看不透、品不完。

匏有苦叶，济有深涉。

深则厉，浅则揭。

有弥济盈，有鷕雉鸣。

济盈不濡轨，雉鸣求其牡。

雝雝鸣雁，旭日始旦，

士如归妻，迨冰未泮。

招招舟子，人涉卬否。

人涉卬否，卬须我友。

人一旦陷入爱情，等待与思念，便成了两大不可避免的难题，就像一个人被判无期徒刑，说是从此郁郁寡欢也不为过，简直绝望透顶。《匏有苦叶》里这个女孩子也陷入了一场等待之中，可她似乎乐观得很，仿佛心有所寄，凡事都那么明朗清亮。在一个深秋的清晨，她早早起床，蹚着夜露兴冲冲地走到一条叫作济水的河边。干什么？不过是野望，抒情，做白日梦……但主旨终究离不开思念。

我曾经食过南瓜叶，毛茸茸的，有一种植物特有的清香甘美。而"匏有苦叶"的"苦"并非指它的味苦，在这里应是一个通假字，作"枯"解。诗一开头，便简洁地交代了季节：匏叶枯了，济河有很深的地方。因为河水很深，所以人才不能随便地来来去去，似乎暗示着爱的不易，其间难免遇着艰滩险阻。喏，那个人就住在河的对岸，我们不易相见，不过是中间横亘了一条深河罢了。不见便不见吧，也不曾阻拦我来河边眺望的脚步。即便看不见那个人，也没什么的。姑娘愿意这么想的时候，一颗心也就宽了，阔了。凡心中有挚爱，看一切都从容。此时，河边的枯草丛里恰恰传来雉鸡的鸣叫，姑娘不禁浮想联翩：它们可能是在相互求偶呢。再转头，不远处又传来声声秋雁的鸣叫，也就在这时候，初升的太阳刚刚泛红。雁的出现，仿佛映现出朗天白日的好天象。嗯，这个早晨真是美好，连大雁也比"我"起得早。它们是来河边觅食的，比起它们所追求的口舌之欲来，姑娘的初衷似乎过于虚幻。

爱情永远具备一种虚幻的力量，它宛如一支虚无的箭，刺得人思念难遣，于是不顾深秋的薄凉，执意来到河边，看滔滔不息的流水，独自在心里守望，那些属于自己独享的，爱的，苦的，甜的，难言的。然而，心中即便埋伏着千千万万的热望，一旦归于现实，也还都是枉然。爱情具有让人时时犯傻气的特点。深秋，河边的景物历历如现，草木枯荣，禽鸟吟鸣……只要姑娘心中藏爱，心有所属，看什么都新鲜热烈。这一切，均被河上渡船的艄公细细看在眼里。何不成人之美呢？于是向她频频招手，示意渡她过河。整首诗里，乍现一个"招招舟子"的倒装句，真是好得诗意淋漓。——《诗经》的美，不时体现在此类短句中，不繁芜，简洁的四个字，仿佛把所有的繁衣镶边都褪尽，点点滴滴尽显洁净开阔之美。

一年四季中，深秋是最易怀人的季节。人对于草木枯荣向来敏感。农谚里有"秋收冬藏"的说法。冬天里枯冷又寂寞，那么在秋尽的时候，人应该得储备点什么东西，以备冬天取暖呢？谷物再多，不过是满足了口腹之欲，终归替代不了一颗心的空虚惆怅。这么说来，深秋怀人则是源于天时的暗示了。

《匏有苦叶》里的姑娘虽然乐观，但毕竟是有些胆怯、害羞的——一个姑娘，不打招呼怎可贸然渡过河去见那个人？出于羞涩的天性使然，她一口拒绝了艄公的好意："我哪里是要过河，我不过是在等一个朋友罢了！"因为矜持，这个姑娘的思念始终停留在虚幻的层面，尽管她曾经有过强烈的初衷。她不顾寒凉来到河边，不是没有过期望的，然而，这期望又是那么的脆薄，稍稍碰触，便溃不成军。她为何没有勇气渡到对岸去？可能在心里面不确定那个人真的待见自己吧。一旦陷入爱情，有谁真正确定过对方、掌控过对方呢？爱情作为一场旷日持久的拉锯战，拼的是心气与心力，你进我退，你退我守，兜兜转转间，看谁的气长，谁就能控制住爱的局面。有的爱情，早早死于一方的胆怯气短；而有的爱情，越战越勇，直至在战火纷飞的荒烟阵地开出一朵妍丽的棠棣之花。

在爱情里，拖泥带水是没有前途可言的，要的就是果敢激烈，持刀见血，与其无限期地被动苦等，不如化苦痛为力量主动地渡过"河"去探个究竟。别人心里有没有自己，立等可判，即便真相被揭横尸荒野，也要好过虚幻无期的漫漫等待。在爱情里，与其做一个故步自封的茧，不如撞破头皮飞出来，后者尚有化蝶的可能。然而，人世之河多艰滩险阻，许多事，不是我们做得了主的，譬如横在人人面前的命运之河，又怎是我们想渡就渡得过去的呢？人生也罢，爱情也罢，不过如此。

近日，看张爱玲的长篇自传体小说《小团圆》。书到尾声，张爱玲淡笔抒写了那场无疾而终的恋情，有这样几句对话：

九莉笑道："预备什么时候结婚？"

燕山笑了起来道:"已经结婚了。"

立刻像是有条河隔在他们中间汤汤流着。

他脸色也有点变了。他也听见了那河水声。

张爱玲只用了短短几句,便刻画出爱情已逝的深哀。读到这里的时候,我突然想到《诗经》里的《匏有苦叶》。原来,我之前的解释通通不对。男女之间,若是有情有爱,又如何在乎横在面前的一条现实的深河呢?只能是一方变心了,不爱了,这时,横亘在他们之间的则是一条无法逾越的心河。现实的河水汤汤流着,若是浅得很,可以撩起裙摆或裤管蹚过去;若是深不见底,也还可以借助一条船渡过去。那么,《匏有苦叶》里这个姑娘为何不愿意独自过河呢?那是因为她在心里面没有底气了——那个人或许早已变心。她不顾秋露的寒凉,一早来到河边,不过是痛苦难遣,出来散散心而已。她站在河边,面对汤汤而过的河水,不过是对往昔的一种祭奠。我这么替她想明白的时候,竟悲哀萦怀。是得不到的才叫"爱情"吗?而得到了的,日后都成了柴米夫妻,也没什么可追怀的了。

东门之池，可以沤麻。彼美淑姬，可与晤歌。

东门之池，可以沤纻。彼美淑姬，可与晤语。

东门之池，可以沤菅。彼美淑姬，可与晤言。

这种复沓叠唱的句式在《诗经》里比比皆是，在对比递进中，感情达到了高潮；在简洁明净中，做到心中并无二物，好比走在春天的田畴野畈，就闲闲地一眼，便瞥见了桃花林，那满目的鲜妍直叫人没来由地心旌摇曳……这种以少少胜多多的写法，应该叫淡笔吧。写作历来讲究笔法，先秦时代的人们，在描写男女之情的时候，处处惜墨如金，抛弃重峦叠嶂的繁笔渲染，一味沉迷于淡笔的刻画，在几千年后的我们读来，依然魅力不减当年。汉字的感染力可见一斑，这也正契合了一颗颗善感的心。

男女之间的交往，向来有三重境界。初始，双方彼此遇到，有知音之感，于是情不自禁地相互唱和。就好比现今在文学论坛里，一个人发帖，另一个人恰好看见，便引为知音，于是相互在网络间唱和酬答。这就是第一重境界的"晤歌"。"晤歌"之后，会发悄悄话留下自己的邮箱或 MSN 或 QQ，然后双双从论坛转移至私密的空间交流，日久弥深，越发觉得对方是一个难得的知己，相互的倾谈就更加深层次些。《东门之池》中的第二重境界——"晤语"又是什么呢？"晤语"即意味着无话不谈，灵魂不设防，心门始终对一个人敞开着，那个人随时都可以进来坐一坐，或者把酒叙话，或者把茶酤饮，灵魂的相互邀约水到渠成。男女双方到了"晤语"的程度，就是彼此喜欢了。网恋的窗帘正式被拉开，阳光洒进来，最后自然而然到达第三重境界——彼此晤言。彼此晤语，毕竟尚停留在精神阶段，"语"，应作书信解，是秀才之间的纸上谈情，尚且未涉及柴米油盐，是脱离烟火气的高蹈。然而，一旦到了"晤言"的程度，那就是面对面的讲话了，灵魂互见，如持刀互搏，是有点残忍的。如今网络中的恋人大多逃不掉"见光死"的结局。我想，所谓见光死，大抵就是灵魂互见以后的不能适应吧，即便也曾在精神上契合过，但"可与晤言"的人毕竟少。于是一桩又一桩在精神上契合过的姻缘一次次栽倒在见光死的"晤言"中。

　　相爱比相处要容易得多，毕竟，于千千万万的人中，在精神领域是能够遇到"可与晤歌""可与晤语"的人的。二十世纪九十年代，异常流行笔友——那个年代的中国，大多数人尚不知网络为何物，电信更不发达，BP机不知为何物，手提电话更是稀罕物，要与外地亲人交流的时候，不得不跑到邮局排长队。为了能说上几分钟话，是要等待几个小时的，甚至遇到线路阻滞的障碍，双方连一句话也说不上，无奈拍电报了事。大气候如此，那时候的年轻人交笔友，顺理成章地成了一种时尚——假若这也算时尚的话，那也是源于一种精神上的渴求。我们只能与同事相谈家长里短或者物价上涨，至于精神范畴上的事情，若要相互倾谈，那将是无比扭捏的事情。但谁年轻的时候没有过梦？被梦想激励着的一群人，分外不甘寂寞，于是干脆降格以求，通过广播电台抑或报纸杂志上的交友平台珍重地相互写起信来。那简直是无的放矢。有时，寄出的信，石沉大海；有时，却也得到了热情的回应。得到回应的人宛如捉住了一支羽毛。久而久之，也懂得了筛选与甄别，最后只剩下一两位兴趣相投的，一直通信下去。久而久之，从"可与晤歌"逐渐发展到"可与晤语"……回首二十世纪九十年代，尚且怀着可珍的情怀——一颗颗青春的心如此渴望交流，把内心毫无保留地敞开，铺开薄脆的方格纸，无休止地倾诉，倾诉……四五页长信，尚且不能承受心迹一二——那些单薄又寂寥的年岁，真是让人无端感慨——一转眼，二十年过去，当年相互晤语的一群人已近中年，大多为人父母，也几乎不再写纸质的信了，偶尔写封电子邮件，也只是短短几百字。人到中年，当真是心不能言了吗？总以祝语草草收尾，在心里边期望着对方树树花开。《古诗十九首》里有这样的诗句："思君令人老，岁月忽已晚。"

读来分外苍凉，岁月是可以改变一个人的心性的，回首二十世纪九十年代那种对于友情的孜孜以求，恍若隔世。

现在读这首《东门之池》，竟有异样情怀，这仿佛成了一种唤醒——那些已逝的岁月，倒片一样地回来，原本那么可珍、可怀。

在池塘里浸泡麻和萱草的季节，应该是春末夏初了。草木蓬勃，天气和煦，温度刚刚好，美丽贤淑的姑娘穿着花裙子出来做事。那天，正被他一眼看见，于是不能忘，想方设法前去攀谈，竟没吃闭门羹，隐隐觉得，自己的真诚似乎打动了她。那位可爱的姑娘一边忙着浸麻泡草的农活，一边闲闲地应答着他，似乎也不讨厌。其实，她心里何尝不是欢喜的？渐渐地，他引领着她，把心门敞开，终于到了与之"晤语"的境界。

男女之情如此洁净无邪。假若两个人彼此不讨厌，只要抱着一颗互感的心，去试探，去了解，彼此一步一步往前迈，从相互酬答到互吐心声，再到驻足而言，爱情的花好月圆，似乎就有了一个开阔美满的前景。孔子给《诗三百》早早下着的一个"思无邪"的结论，真是经典。这首《东门之池》就把男女之爱的美好无邪体现得淋漓尽致。

爱与季节一样永恒，每个人心中都有一个春天。

有人在青春的年纪里，轻易就遇着了"可与晤言"的人，彼此把握了，随之美好了……而有的人，终其一生，也没能遇着一位可"与之晤语"的人。而更多的芸芸众生，不过是找到一个可以搭伙过日子的人，谈何精神上的晤语？无论是拥有了，抑或错过了，但凡曾经"晤语"过，也不枉爱过一场。

> 桃之夭夭，灼灼其华。之子于归，宜其室家。
>
> 桃之夭夭，有蕡其实。之子于归，宜其家室。
>
> 桃之夭夭，其叶蓁蓁。之子于归，宜其家人。

看张爱玲的《小团圆》，她写盛九莉身陷爱情时的局面，那种无迹可求几乎淡出的笔法，简直有唤醒琥珀中的草虫的力量，不愧是刻画细节的高手，复述起自己的体验来，依然那么高蝉晚唱入骨十分，在这里抄几个片段：

> 他迎上来吻她，她直溜下去跪在他跟前抱着他的腿，脸贴在他腿上。

过了童年就没有这么平安过。时间变得悠长，无穷无尽，是个金色的沙漠，浩浩荡荡一无所有，只有嘹亮的音乐，过去未来重门洞开，永生大概只能是这样。

尤其一句"过了童年就没有这么平安过"，不禁让人想起《桃夭》里的句子——"之子于归"。远古的情绪，悠悠扬扬逶迤而来，恰好被张爱玲一把接住了，从而开创出另一种新颖的感受，是那么的妥帖和震动。同样是温暖的感情，《桃夭》里这一个"归"字，用得何等温柔恰当。女子出嫁，不正是灵魂求得了一个平安的结果吗？爱情给予女人重生的力量，仿佛张爱玲所写的，是个金色的沙漠，看似浩浩荡荡，其实一无所有——一切都是全新的。所谓平安之感，即有安心舍命之意——爱情赐予人的安全感，在某种程度上，仿佛让人回到母亲的子宫，在羊水的温暖包围中体验永生。

《桃夭》简短的十二句，再现了三月桃花汛下的自然胜景之美，以及人们给予一个出嫁女子的美好祝福。在这种善意的祝福里，我们看到的不仅仅是对一位女子容貌的肯定——艳如桃花，照眼欲明，而且同样看到了古人对于一个女子的其他方面的更为重要的祈求，那就是嫁人之后的"宜其室家"，也就是俗话说的"旺夫"吧。"旺夫"的具体事项，则体现在贤惠持家之余，势必多多生养孩子。"桃之夭夭，其叶蓁蓁"一句，用蓁蓁桃叶暗喻一个女子繁盛的生育能力——远古社会强调人口的繁衍可见一斑。

《桃夭》短短三小节中，前两句分别描写的，都是自然胜景与人生盛景的相融：沃野千里，桃林片片，正是人间三月桃花盛开的好时节，一个打扮光鲜明艳的女子，此刻正走在出嫁的路上，而那片片桃林正在前方迎接她的到来。——女子出嫁，不正如盛开的桃花一般喜气热闹吗？这也是一层大树繁荫的铺垫，暗喻她终于寻到了"之子于归"的精神上的故乡——灵魂一旦安定下来，之后会怎样？于是，到了最末一句，贺婚的人们才肯透露出人生的责任来——"宜其室家"。

将女子的容貌喻作桃花，这可能是诗歌史上的首创，有一种开先河的先锋感。何况这是一个正在出嫁途中的姑娘呢？桃花在一首贺婚诗里出现是有深意的，它寄托着远古先民对俗世生活的无比热爱。桃花是一种喜气的花，热闹的花，它不像梨花那么素淡寡寒，所谓银碗盛雪也只是士大夫轻微的撇世小情调，世俗的人们还是热衷于桃花的灼灼其华。在有些荒凉的初春，永远开不败的样子，不正暗合着欣欣向荣、多子多福的人生吗？无怪乎胡兰成说，远古先民把对俗世生活的理想，都寄托在《桃夭》等篇中。斯言不虚。

有细心的学者考察出，从《诗经》篇章排列的先后顺序上，可以看出古人把婚姻、家庭看得极重。首篇《关雎》，讲青年爱上美丽的姑娘，日夜思慕，渴望与她结为夫妻。第二篇《葛覃》，明写一个女子回娘家探望父母前的心情，暗写她的勤、俭、孝、敬。第三篇《卷耳》，丈夫远役，妻子思念。第五篇《螽斯》，以铺天盖地的蝗虫振翅去道贺别人多子多女。第六篇就是《桃夭》了，仿佛一张画着喜鹊的贺婚帖，不但赞美新娘艳若桃花的容貌，而且同样有着对于新娘的"宜其室家"的要求，也就是说，一个女子的美德不仅仅要体现在容貌上，还要体现在"旺夫"上。仔细想想，这也是对天下女人的一种高难度的要求啊——西子捧心式的倾城佳人，在生活里毕竟鲜寡，更多的则是家常布衣、粗茶淡饭的芸芸女子。那么，《桃夭》篇里对于女子容貌的赞美便多少显得虚无起来，再回头看其中的"桃之夭夭，灼灼其华"，深究起来，那也不过是人们对于新娘子的一种善意夸赞罢了——长相普通的姑娘稍微在腮上涂上香粉、胭脂，不也同样可以做到艳如桃花、照眼欲明吗？何况此时此刻她正式作为喜事的主角之一呢？一颗心并非独自归去，而是找到了相伴的人，有了归宿，灵魂从此踏实下来，不由得她不散发出由内而外的美——真实的容貌退场，让位于喜气洋洋的心境之美。

而结婚又是多么值得喜悦的事情啊！人间究竟有多少喜悦热闹呢？正因为不多，才显得珍贵。像张爱玲说的那样："只有嘹亮的音乐，过去未来重门洞开，永生大概只能是这样。"

伯兮朅兮，邦之桀兮。伯也执殳，为王前驱。

自伯之东，首如飞蓬。岂无膏沐？谁适为容？

其雨其雨，杲杲出日。愿言思伯，甘心首疾。

焉得谖草？言树之背。愿言思伯，使我心痗。

综观《诗经》中的女性诗，不是表达失爱的永久痛苦，就是宣泄思念的漫漫煎熬。失爱，不是自己能做得了主的。然而导致女子陷入思念的困局的，无不是一次次旷日持久的兵役——是战争干预了男女间原本恒久的日常幸福，打破了夫妻间恩爱相守的平衡。因为兵役而导致的夫妻长期的分离，不能不说是对两性情感的一种伤害。

诗中的女子面对丈夫的长期缺席，一日日变得不快乐起来，"首如飞蓬"四字，非常形象地道出了她闷闷不乐的消极心态——那个人长期不在身边，我又何来对镜理云鬓的闲趣？那时节，尚流行夫君为娇妻画眉，这样的二人小情趣，简直成了一种遥远的幻梦。接下来的两句更加沉郁："岂无膏沐？谁适为容？"翻译成现代汉语就是：难道我买不起欧莱雅护发液？可谁又值得我为他梳洗打扮脂粉飘香？不论是头发乱成稻草，抑或脂粉不施，说来说去，都是那个人的缺席，致使一颗原本完好的心，被思念的虫子一点点蚕食成一个大窟窿，连微风吹进去都会猎猎作响。无以挂寄的空虚，一日紧似一日。这世间，除了死别，还有生离，最易将人折磨。所以，传说中的孟姜女哭倒了长城，王宝钏守白了黑发。

诗的最后两节，感情更加跌宕。由于长期不快乐，连带怨起天气来：想着它下雨吧，它却偏要出大太阳。由于过分地思念夫君，她患上了头痛的毛病。引学者贺贻孙的话："思伯而苦则首疾矣。首疾岂心所甘，然置伯不思则又不能，故宁'甘心首疾'耳。'愿言'，即'甘心'之谓。当忧思之极，亦欲得谖草以忘之，然忘忧则忘伯矣，是以不愿得忘忧之草，但愿思伯而心病。心病岂心之所愿，然不思愈非心之所安，故宁病耳。"

贺贻孙的解释相当恰当，仿佛深解诗中女子一波三折的婉转心思。女子在思念丈夫的过程中，又突显出情感的两难：因长久的思念导致头痛，于是，她想得到一些忘忧草以解忧，但是忘了忧愁也就意味着忘了丈夫，还不如选择忧愁，一任头痛。忧愁非其所愿，但若放下一颗思念的心，会更加不安，所以甘愿继续想着、病着。这样曲折的取舍，如十指相扣紧紧箍住的愿望：宁愿陷溺在对夫君的思念中而忧愁、头痛。

孔子说，纵观整部《诗三百》，差不多篇篇有情，所谓"兴、观、群、怨"，一言蔽之，也不过是"有情"二字。

女人对于男人，正所谓有情有义，向来如此，今天依旧没什么质的改观——女人对男人的感情，总要深些、浓些。比如，我们的妈妈们，但凡她们的丈夫不在家，其一日三餐想必都是糊弄过去的。你看，丈夫不在家，连一日三餐烹煮起来都缺失了兴趣，谈何生之意味呢？然而，就是到了我们这一代职业女性这里，情形依然没能有大的改观——原本准备好了几样精美的菜式，哪曾预料那个人的一个电话，因处理单位急事，从而取消回家吃午餐的打算，于是，一下失去了煎炒烹炸的兴趣，不得不将洗净切好的几盘菜用保鲜膜封起来放进冰箱，便草草地热一碗隔夜饭把自己打发了，就连倒在床上午睡也变得意兴阑珊起来——当将一盘盘五彩斑斓的菜放入冰箱的刹那，一颗心也是相当失落的——仿佛那个人是温暖的太阳，我们好比一株向日葵，时时刻刻所做的一切都是以他为中心。其实，在我们的情感里，所嫁的那个人就应该是天，似乎抽象得望不见，却无处不在。就是这个"天"在一日日地支撑着我们的精神世界，就连餐桌上偶尔缺少了他的身影，心里也是蛮失落的，何况《诗经》中这个与夫君长期分离的女子呢？

这样的诗，同性的女人读起来，因为感同身受，所以分外懂得。而男人们，我们不在家的日子，他们会失落吗？也许在情绪上，会偶尔有那么一小会儿低落，但过去了也就好了，像一阵风把枯叶吹过河去。尤其在饮食上，他们断然不会亏待自己，他们会带着孩子下馆子，开开心心地美餐几顿。在这样一生相伴的时光里，我们对于他们的情意，他们仿佛浑然不觉。从精神层面分析，这就是两性的不平等，是与生俱来的，是天性，谁也改变不了。

那么，男人就没有思念妻子的时候了？也不是的，这需要等——等到他的妻子死后，再不能回到自己身边来，于是他也会有思念。比如，到了凌霜的隆冬，为了御寒，他从箱子里翻出一件件衣服来，尤其是看到一件黄色里子的绿衣，望着衣服上那些清秀密实的针脚，于刹那间，亡妻的好，便会被他想起——她曾经对自己的嘘寒问暖，她曾经对自己一日三餐的悉心照顾……一股爱意翻涌而来。可是这种绵延的思念，即便痛彻心扉，也无济于事——那个人永远地离开了，再也回不来了。这是到了"死别"的程度，即便有绵延的思念，也不是多令人唏嘘感慨。

而女人对男人的爱意，才是贯穿一生不打折的，它永远比男人对女人的爱来得深厚醇浓，是不兑水的绵酒，在时光的窖中，越藏越香，经久不散。这在平常生活的一点一滴中淋漓尽致地体现出来了，有时候，男人竟浑然不知。我们也压根儿不要他们知悉，这不过是出于一种女性的爱的本能。所以说，女人天生是感性的动物，而男人则是物质的。在精神范畴上，女人的小宇宙永远比男人的深广浩瀚，即便是短暂的分离，也会令她们惆怅难遣。仿佛是一个蛊，历经几千年的风雨，依然牢固地罩在女性精神上，一刻也未曾改变过。而作为女性的我们，仿佛心甘情愿前来认领，比如我们的婆婆们，比如我们自己。以感情为"天"的女性，原来是这么脆弱而无法自拔，我们宁愿把自己陷在感情的困局里而不思自救。

然而，这个世间，除了爱人，还能有谁令我们长久地感到温暖和安全？

习习谷风，以阴以雨。黾勉同心，不宜有怒。

采葑采菲，无以下体？德音莫违，及尔同死。

行道迟迟，中心有违。不远伊迩，薄送我畿。

谁谓荼苦，其甘如荠。宴尔新昏，如兄如弟。

泾以渭浊，湜湜其沚。宴尔新昏，不我屑以。

毋逝我梁，毋发我笱。我躬不阅，遑恤我后。

就其深矣，方之舟之。就其浅矣，泳之游之。

何有何亡，黾勉求之。凡民有丧，匍匐救之。

不我能慉，反以我为仇。既阻我德，贾用不售。

昔育恐育鞠，及尔颠覆。既生既育，比予于毒。

我有旨蓄，亦以御冬。宴尔新昏，以我御穷。

有洸有溃，既诒我肄。不念昔者，伊余来塈。

几年前，我一直对《诗经》中带草字头的字着迷。几年来，翻来覆去地读不同版本的《诗经》，总共不下几十部，仍然有许多植物的名字对不上实物。比如在《谷风》中出现的"荼菲"，各种说法始终不一，让人不得不去留心各种书。——不做无意义的事情，何以遣有涯之生？

对于"荼菲"，我一直在考证，像小儿刚刚学会迈步，一点一点往前探，自有一番乐趣。

我循着《诗经》的芳香，一步一步地探索，待走到唐朝，发现高退之有一首诗《和主司王起》，其中也提到了"荼菲"：

昔年桃李已滋荣，今日兰荪又发生。

荼菲采时皆有道，权衡分处且无情。

叨陪鸳鹭朝天客，共作门阑出谷莺。

何事感恩偏觉重，忽闻金榜扣柴荆。

由于唐诗讲究对偶，从上文的"桃李"判断，"葑菲"一定是两种不同的植物。那么就姑且相信"葑"就是"菘"了，菘乃大白菜；而"菲"呢，应该是萝卜。白菜与萝卜向来一起出现在口语或诗文中，乡谚有"白菜萝卜保平安"一说。

　　然而，当我读到与高退之同一朝代的李郢的诗时，又对这个"葑"是大白菜的说法产生了一些怀疑，他写道："葑草青青促归去，短箫横笛说明年。""葑"在这里又成了青青的草。那么，"葑"就不一定独指大白菜了，它可能也指代芥菜，芥菜在古语里又被称作芜菁、蔓菁。比如我公公，他老人家在我面前时有风雅的表现，不时将芥菜说成蔓菁。

　　这么说，"葑"也可能是大白菜与芥菜的统称，它们隶属于同一科，好比玫瑰与蔷薇皆属蔷薇科。

　　如此，"葑菲"这两个令人着迷的字，让人穿行于不同年代的版本，寻来觅去，复而对照核查，复而思前想后，以致我的许多时光都荒废了。同样在这首《谷风》里，好不容易将"葑菲"这个难关攻克下来，接下来又遇到了"谁谓荼苦，其甘如荠"。每年初春之际，也没少吃荠菜，或用其做汤，或用其做饺子馅。但"荼"又是什么呢？历来说法不一，有的说就是茶；而有一说，则指苦菜。"谁说苦菜苦啊，它和荠菜一样甘甜呢。"这么译，于情于理似乎都不通。其实，在这里不过是一种比喻，女子被丈夫休回了家，她的心比黄连还要苦。而人们都说黄连最苦，那么苦菜的苦比起黄连的苦来，似乎要甜如荠菜了，比"我"的内心甜得多。你看，短短两句"谁谓荼苦，其甘如荠"，内里竟是如此的曲折逶迤。这大约就是《诗经》的魅力，任何时候，皆惜字如金，不愿多着一字。

然而，抛开这些带草字头的字不说，作为一名女性，每每读《谷风》时，总是有难言的痛苦萦怀不去，仿佛那个被丈夫抛弃的女子，是我几千年前的嫡亲姐姐，隔着几千年的岁月，我能感受到的她的伤痛丝毫不减一分。

诗中第一节用比兴的手法，说阴阳和合，雨泽降临，比喻只有夫妻和睦，家道才能兴旺，丈夫应该与自己同心同德，不应该对自己发脾气，使用家庭暴力。

到第二节，说不能因为"葑菲"的根部坏掉了，就把它们的叶子也一起抛弃，比喻不能因为自己年长色衰，就无视她持家的美德而抛弃她，他们应该同生共死才对。

已然被别人休掉，还谈何"同生共死"？于是自然过渡到第三节，她一个人在回娘家的路上走得异常缓慢，她不过是希望他出来送自己一程罢了。其实是心里不想走，才把步子拖得慢腾腾的。好歹夫妻一场，可那个人是多么心狠啊，连出门送她一程都不愿意。如此无情，真是让人伤心。

诗的第四节，痛苦的心情达到了高潮。前两句说，就连苦菜也要甜过我的心，后两句则是以别人的乐反衬自己的哀情了。那个抛弃自己的人此刻又娶回一位美娇娘，正沉浸在新婚宴尔之中，他俩的感情如兄如弟。古代男人历来视"兄弟如手足，女人如衣服"——手足是一刻也不能失去的，而衣服，则想脱便脱，旧的去了，新的再来。而此刻，那个人与新婚妻子的感情则浓酽得如兄如弟。这样比照的写法，更衬出那个被弃之人的悲哀之情……

作为《诗经》里的弃妇主题诗，《谷风》比《氓》写得更为深刻，也揭露了男人"富易妻"的陋习。到了古乐府里，有一篇《琴歌》，则同样以百里奚妻子的口吻，指责了丈夫"富易妻"的本质：

百里奚，五羊皮。忆别时，烹伏雌，舂黄齑炊扊扅，今日富贵忘我为。

百里奚当年出门谋取前程，妻子把正在孵蛋的老母鸡杀了，舂舂腌咸菜，把门闩当柴烧，煲好一锅好汤供百里奚饱餐。哪承想，日后的百里奚，富贵之后，便迅速娶了新夫人。尤其，将门闩当柴烧这个细节，让人读来实在触目惊心。女人是多么舍得——若是自己的肉也可充饥，她必毫不犹豫地割下烹熟了端上去。

这种"富易妻"的不良风气发展到宋代,便以陈世美为代表了,暂且不表。

曹植有一首《薤露行》,其中有两句是:"人居一世间,忽若风吹尘。"我觉得,这两句诗说的分明就是女人的地位。女人来到世间,原本像尘土一样无足轻重,更是脆弱得不胜风力,连微微的风都能将其吹走吹远,谈何其他作为呢?

"富易妻"的例子,在几千年前不甚发达的先秦时代也不鲜见。然则,在当下相对自由的社会大环境下,即便女人的地位有了质的飞跃,即便女人革命了,走出家门有了自己的工作,不再靠男人供养,"富易妻"的例子也不见减少,似乎平常得都不值得拿到桌面上来说。

我丈夫的三哥早年离异。那年月,我公婆一直帮忙带着孩子,每到逢年过节的特殊日子,前三嫂都会来公婆家将孩子接到她自己租住的居所。我记得那是一个中秋节的午餐时分,孩子估摸着妈妈应该到奶奶家楼下了,他趁大人不备,偷偷抓起话筒,急得什么似的,在电话里告诉妈妈不要上楼来,爸爸后娶的那位阿姨此刻正在奶奶家呢。见孩子将电话挂掉,匆忙收拾几件换洗衣服便急急地往楼下奔,我独坐沙发一隅,兀自替他难过起来,更替他的妈妈神伤——单亲的孩子大多早熟,他之所以迅速给妈妈打那个电话报信,为的是让妈妈避免上楼来的尴尬——一大家人,祖孙三代欢聚一堂，原本也是有他妈妈的一个位置的，可是，如今不同了，他妈妈坐的那个位置已被一个年轻的阿姨取代。不知不觉间，《谷风》里这两句诗便不听话地冒出来——"谁谓荼苦，其甘如荠"。那一刻，感同身受的我仿佛正站在楼下，替孩子的妈妈思考——这是多么令人揪心的生活片段。用张爱玲的话来比喻，是"痛苦像开火车一样，轰隆隆一天到晚从未有过间歇"。

两性关系中，若做到有情有义有担当，是多么不易。然而，不是我悲观，男女之间，似乎也不能等到平等的那一天。

> 出其东门，有女如云。虽则如云，匪我思存。缟衣綦巾，聊乐我员。
>
> 出其闉阇，有女如荼。虽则如荼，匪我思且。缟衣茹藘，聊可与娱。

从小就被大人反复暗示，看一个人是否优秀（肚里有没有货），千万不能从其衣着、外表去判断。那时，母亲为了加深懵懂的我的印象，捎带着还要引用一句俗语："人不可貌相，海水不可斗量。"成年以后，待我踏上社会，慢慢有所知，有所感，却发现这个世界的规则，并非像从小母亲教给我的那样，光鲜明媚的外貌往往能给人带来一些便利。不可避免地，我也越发自卑起来，就像给自己做了一个盅，罩在精神世界里无法突围，致使我的青春时代黯然一片。回首儿时所受的家教，那不过是一种虚幻的自我催眠而已，它并没能给我带来多少实质性的自信，甚至，我竟隐隐地悟出，那不过是母亲用来诳我的托词罢了。在一个母亲的眼里，她最清楚自己的孩子的局限性，所以才要特意告诫自己的孩子，不要因黯淡的外表而裹足不前。

然而，多年以后，当我读到这首《出其东门》，意外又惊诧，且深感无限慰藉——觉得母亲对我的苦心教育，终于没有白费。它在尘世里终究有了一回温暖的回应。这是在《诗经》里才可以找得到的回应，一如幽兰对于深谷的酬答，也是众芳对于人间四月天的回报。原来，我母亲的教育是循着古风而来的。

看这首诗里的男人多么深情！有一天，他来到东门外散心，看见许多盛装打扮的贵族美女。然而，即便置身如云美女当中，他都毫不动心，一句"匪我思存"，托出他的心如静水，连涟漪也没有漾一下。此刻，他的心仿佛一个绝缘体——这些纷纷扰扰的粉香浮菀，一个也不是他所思念的——他早已心有所属。他心中所爱，还是那个缟衣綦巾的朴素姑娘。从这个女孩的衣着上判断，她并非来自小康之家，所以置不起妍丽鲜翠的绫罗绸缎，只买得起一身朴素的白纱衣，一条普通的青色头巾。这样的映衬对比，来得特别深情，更是一种烛照，足以为一个相貌平平粗衣淡服的女子镀一层别样的光晕——她也是美的，她的美无须绫罗绸缎的陪衬，是自灵魂里发出光芒来。

在生活中，我们常常遇见这样的夫妻，以平庸的眼光打量，二人在外表上似乎不大相配，然而，外人又能对他们的爱了解多少呢？我婆婆家楼下就住着一对老年夫妇。可能是由于那个时代的医疗水平的限制，老妇少女时代得过天花没有得到及时救治，以致在脸上留下许多麻点，可谓相当不好看，而他的老伴虽年近古稀，却依然相貌堂堂，看得出，年轻的时候定是个丰神俊朗的美少年。遇到他们的次数多了，我不免跟我老公感慨起来："他们俩竟能走到一起，真是不简单。"我老公说："不能以貌取人。"这是典型的活例子。她能与他走到一起，虽然容貌欠佳，但她必有过人之处，才使得他安心踏实地钟情于她一辈子。有一回，他们肩并着肩，在夕阳的余晖里散步，她的白发在晚风里微微起伏，像蘩草，有天荒地老的安顺宁和。——嗯，她这一生总算找对了人。彼时的她，仿佛就是叶芝那首著名的《当你老了》里的女主人公——

当你老了，两鬓斑白，睡意昏沉

炉火旁打盹，请取下这部诗歌

慢慢读，回想你过去眼神的柔和

回想它们昔日浓重的阴影

多少人爱你青春欢畅的时辰

爱慕你的美丽，假意或真心

只有一个人爱你那朝圣者的灵魂

爱你衰老了的脸上痛苦的皱纹

垂下头来，在红光闪耀的炉子旁

凄然地轻轻诉说那爱情的消逝

在头顶的山上它缓缓地踱着步子

在一群星星中间隐藏着脸庞

　　一个人拥有朝圣者般的灵魂，是何等重要。年轻时再怎样倾国倾城，到了晚年，依然不能幸免衰老的光临，逃不掉纵横的皱纹。全诗最深情的两句就在这里："只有一个人爱你那朝圣者的灵魂，爱你衰老了的脸上痛苦的皱纹。"

　　《出其东门》的第二节也有深意，也是一唱两叹的手法。第一节是"有女如云"，到了第二节，就改成了"有女如荼"，荼是白茅花，开得肆意张扬，美丽异常，一样可以用来形容众女子的美貌。然而，即便她们像白茅花一样美得不可方物，也不是"我"所思念的那一个。唯有那个身着普通白衣的女人，才能让我快乐。最后一句，才是关键：只有心心相印，才有可能谈得上给彼此以快乐。而那些漂亮的，家境优渥的，不一定能够给"我"带来无上快乐。

爱情说到底，好比一个哑谜，更像一种禅道，最核心的地方，需要彼此会心，取决于精神上的互相珍惜。但凡若此，才谈得上愉悦和快乐。

绿兮衣兮，绿衣黄里。心之忧矣，曷维其已！

绿兮衣兮，绿衣黄裳。心之忧矣，曷维其亡！

绿兮丝兮，女所治兮。我思古人，俾无诧兮。

絺兮绤兮，凄其以风。我思古人，实获我心。

小时候，在乡村，或许是一个阳光正好的午后，偷偷溜出家门满村地转悠，没什么具体目的，就是不想午睡，必须以东走西逛来打发掉身体里多余的精力。有一回，走到二毛家门前，突然一抬头，看见二毛爸爸坐在门槛上流眼泪，泪珠大颗大颗地往下滚，一直都是默默无声的。这大约是男人哭泣有别于女人哭泣的最典型的特征。我被吓得举步不前——到底是埋着头佯装没看见继续打他家门前走过，还是退回来走别的路？正午的阳光下，我就那么愣怔着，不知如何是好，我的感情相当复杂，既有惊慌失措的彷徨，又有些替二毛爸爸难为情，一个大人的哭泣竟被一个小孩子撞见，这真让我不好意思。二毛家的大门朝南开，坐在他家门槛上，南边不远处的一片丘陵尽收眼底。二毛身染沉疴的妈妈，不久前正落土于那片丘陵地带。我知道二毛爸爸为何而哭，他是村子里公认的有点愚的人，好不容易在打了多年光棍后，娶了一个远房亲戚的女儿。幸福的日子没能持续多久，那个他珍惜的女子竟一病不起了，接着便永远离开了他。自那以后，二毛爸爸就更加愚了，他常常处于呆愣迷糊的状态，有时，挑着两只空水桶去河边，竟忘了汲水，仍然挑着两只空水桶回来，到了门口才回过神来，不得不悻悻然再去一趟河边⋯⋯

这首《绿衣》里的男子在孤灯下思妻的形象，不禁让我想起久违的童年岁月，以及坐在门槛上流泪的二毛爸爸来，都是一样的暗自流泪——一个睹物思人，拿着亡妻曾经缝补过的旧衣裳；一个面南而坐，望着葬妻的丘陵⋯⋯想必一样的肝肠寸断。男人不着一言的流泪，较之于女人呼天抢地的号啕，更有悲哀的力量——他把一切伤痛默默吞下，只有哀到极点时，扛到力不从心时，泪水才会滚滚而下，好给他减轻一点灵魂的负重。

诗歌史上，悼念亡妻的诗篇层出不穷，唯独这首《绿衣》再现的情景最朴素，是俗世中失去爱侣的人无助无援的真实写照。在一个寒冷的夜，窗外朔风呼啸，他独拥孤衾，灵魂寂寞，不禁又想起她来。于是翻身下床，从木箱里翻出珍藏的一套旧衣服来，在昏黄暗淡的灯光下，一遍遍摩挲着，仿佛可以触摸到她的体温。那衣服上密密实实的针脚，仿佛是她的一行行脚印，她此刻正向自己走来。捧着这套旧衣服，就意味着可以捉住她，留她与自己待在一起，久一些……"心之忧矣，曷维其已！""心之忧矣，曷维其亡！"他不禁自问："这郁积在心中的愁苦何时才能终止？我又何时才能把她忘记？"其实，这又怎能忘得了呢？所以，紧跟着有了这样的结语："缔兮绤兮，凄其以风。我思古人，实获我心！"——不论是粗布衣抑或细布衣，这往后穿在身上都是凉凄凄的了；我思念亡妻，其实是在拯救我的心。最后一句，极尽哀痛之甚，用思念去填补空虚的人生，去拯救一个行将枯槁的灵魂……

这首诗虽然朴素无华，却深情款款，成了日后男性作家用来参照的摹本。历史上，许多文人死过老婆，曹丕有《悼夭赋》："感遗物之如故，痛尔身之独亡。"再看元稹的《遣悲怀三首》，可谓信笔喷涌洋洋大观：

谢公最小偏怜女，自嫁黔娄百事乖。

顾我无衣搜荩箧，泥他沽酒拔金钗。

野蔬充膳甘长藿，落叶添薪仰古槐。

今日俸钱过十万，与君营奠复营斋。

昔日戏言身后意，今朝都到眼前来。

衣裳已施行看尽，针线犹存未忍开。

尚想旧情怜婢仆，也曾因梦送钱财。

诚知此恨人人有，贫贱夫妻百事哀。

闲坐悲君亦自悲，百年都是几多时。

邓攸无子寻知命，潘岳悼亡犹费词。

同穴窅冥何所望？他生缘会更难期。

惟将终夜长开眼，报答平生未展眉。

其中，"衣裳已施行看尽，针线犹存未忍开"两句，正是脱胎于《绿衣》的意象。

到了宋代，悼亡诗在苏东坡那里，又放出灵魂的光彩来——

十年生死两茫茫。不思量，自难忘。千里孤坟，无处话凄凉。纵使相逢应不识，尘满面，鬓如霜。

夜来幽梦忽还乡，小轩窗，正梳妆。相顾无言，惟有泪千行。料得年年肠断处：明月夜，短松冈。

这是历经了十年的磨砺与辛苦之后的难忘难遣，所以才来得如此深哀悲切，一如《绿衣》里的这个男人，寒夜灯下独坐，故人留下的一套旧衣裳，被他反复摩挲着——那是一种体温的延续，即便冷，灵魂也是暖的。这也印证了古人所说的，悲欢离合中的"悲"与"离"，有一种净化的力量。

> 月出皎兮，佼人僚兮。舒窈纠兮，劳心悄兮。
>
> 月出皓兮，佼人懰兮。舒忧受兮，劳心慅兮。
>
> 月出照兮，佼人燎兮。舒夭绍兮，劳心惨兮。

因为身体的原因，我赋闲在家，半年来，不分昼夜地看了一些书。久而久之，一颗心竟也生起困倦来——大抵是怕文字的高台筑得太陡，一不小心会跌死。安顿不好生活的人，往往会躲藏到文字中。但人活于世，一味沉浸于文字里总归不是个事，还是要尽量学着把俗世生活归置归置。每天早晨，我准时从画眉婉转的清唱声里醒过来——那只画眉整个春天都把家安顿在窗外那棵枇杷树上，枝头的小枇杷仿佛尚未从严冬的酷寒里醒过来，一派毛茸茸、瑟瑟发抖的样子，即便有浓烈的阳光照耀，也丝毫未见长大，远远看去，像极了枝头小小的青杏，舌尖尚未触及，味蕾上早已酸水翻涌。

将买菜等家务活做完的时候，毕竟存有大量空闲时光，百事尽可做得，到头来，还是把心思放在了读书上。什么书可以叫人百读不厌呢？唯有《诗经》，简洁流畅，遇到特别喜爱的句段，简直可以毫不羞涩地放声念出来。比如，我用带有浓重安庆口音的普通话朗诵《月出》的句子，莫非也是在筑另一种文字的高台：

月出皎兮，佼人僚兮。舒窈纠兮，劳心悄兮。

一日，午餐后，我问丈夫："为什么月光可以让人忧思，而阳光就不会呢？"丈夫答："因为月光幽静、柔和，而阳光太刺激了。"

是否所有幽静、柔和的东西都可以令人触景生情呢？自然界中，花开得芬芳柔和，鸟叫得清脆婉媚，所以才有"感时花溅泪，恨别鸟惊心"这样的诗句。这一切都是自然界在冥冥中暗示给人类的，像面佛参修的人，久而久之，便开启了灵慧。然而，一日三餐里也是彰显禅机的，就看我们有没有慧根去领悟。

还是说一说月光。

对月怀人，仿佛是人类与生俱来的天性。作为万物之灵，人类一直都是这么敏感。月落潮汐，风吹影动，花开果残，四时节序的嬗递，一律能影响到人的情怀。一颗心婉转柔媚百折回肠，一如葡萄藤的触须，善于在自然的氤氲里舒眉展袖，这是一种阻挡不了的情怀，如三月的桃花汛，花香水满，夹岸桃红，一派萌动的生机。人生究竟有多少情怀需要被催发、被抒怀呢？偷食仙丹而飞天的嫦娥，即便不理会人间烟火，久居月宫也是会寂寞的，她在婆娑的树影里不也一样思念情人？何况地上的人们？

人生最深切的痛苦无非两种：一是得不到，二是已失去。《诗经》里有许多表达"得不到"之痛的诗篇，比如《蒹葭》，比如《泽陂》。而这首《月出》，呈现的则是一个男人被柔和清嘉的月华笼罩着，他在为一个得不到的人而苦苦伤怀。这是怎样的念念不忘呢？

劳心悄兮。

劳心慅兮。

劳心惨兮。

从忧心辗转到惴惴不安，一次比一次严重。他念念不忘的原因是——得不到。而得到了的，无非是关起门来静静过日子，把当初海誓山盟的高洁变为油盐夫妻的琐俗。

多少置身琐俗的人，日复一日地被柴米油盐的繁务所覆盖而浑然不觉得委屈，只有个别异样的，即便身处烟火人间，也始终于精神上保持着独立性，也就是时刻拥有一种孤身情怀。一个俗世里的人，是不能没有一点情怀的。

《月出》里的月亮，应是秋月吧。秋水长空星月浩荡的季节，最是适宜怀人，比如，"秋月当空，叹生前缘轻缘重，寂寥处寸心相知"，我一直喜欢这段诗，婉转内敛，把痛悔遗恨一一隐起，将孤身情怀抒发得不涨不满、不卑不亢，像一把明晃晃的刀，让一段原本汹涌而来的感情适时地戛然而止。就是这种妥当的"止"，又是那么富于余韵感——感情不可追，似乎徒留象征的仪式感。我们的灵魂当中，不可或缺的，就是这种仪式感，一如人不能没有宗教感、敬畏感。

所谓的长情，也是当断则断吧，只留待日后在一个个秋月当窗的夜晚，独自品咂余味，像一幕情感独角剧，而作为剧中的另一位当事人，则早已抽身而退，怕都"之子于归，宜其室家"了。所谓长情者，可以做到不去打扰别人宁静的生活而孤独地自伤自饮。

自这首质朴的《月出》以降，几千年以来，月光如水，遍洒大地，依然是《诗经》时的那轮明月，夜晚也依然是《诗经》时的夜晚，而人却换了一拨又一拨。就是这一拨又一拨的人，依然那么易感，对着同一轮明月，不可遏制地纷纷抒发起孤身情怀。略微不同的是，有的不过是怀人；而有的，分明在自伤。总归是，大致的基调不外乎流露出灵魂至深的哀伤愁烦。比如曹操诗云：

明明如月，何时可掇。忧从中来，不可断绝。

曹操这几句"短歌"，会让我无端想起早年的芜湖岁月——借居于办公室，每夜躺在狭窄的沙发床上，把落地窗帘打开，任月光一泻如水。宁静的月华更加叫人辗转难寐，我思前想后，深感前途渺茫……那种情绪是相当磨人的，几乎叫人窒息，真的担得上"忧从中来，不可断绝"的悲观惆怅。如今忆及，尚留有涉深渊而过的虚惊，远离小城的那一步，确实不易。

那么，为何温柔的月光使人"忧从中来"，而阳光就不具备这种作用？大抵是深夜吧，万物视睡如归，唯有人的一颗心，温热跳动着。夜，像一张网，自然地将人困于其中，于是想抬头望月，恰好，一轮明月遥遥而来，一颗善感的心与自然天象有了对应，一种莫名的忧伤如月华一般汩汩而淌，于是，地上的人有了沉思，有了情怀。阳光，是专门用来照应地上万物生长的，而月光，它并非物质的，它早已脱离功利主义，它只管照看作为万物之灵的人的一颗心。其实，月光就是帮我们筑一种文字的高台，它让人翩翩其中而不思跌落。这么解，对月抒情的意象就行得通了。

自先秦的《诗经》到汉魏的《乐府诗集》，再到唐宋诗词，对月抒怀的篇章可谓汗牛充栋。到了盛唐，李白的月光诗更是多得不计其数，甚至在民间传说中，他的死依然跟月有关，说是去江中捞月而亡故的。这跟他作为诗仙的名号便吻合了。看他的《送祝八之江东》多么素朴："若见天涯思故人，浣溪石上窥明月。"就是说，即便身在天涯海角，只要心中有故人，就是在溪流中的一块洗衣的石头上也能看得见明月的。

重情重义的杜甫，他的《梦李白二首》中的诗句同样写得憨厚质朴："落月满屋梁，犹疑照颜色。"王昌龄《赠冯六元二》如出一辙："山月出华阴，开此河渚雾。清光比故人，豁然展心悟。"沐浴在如雾的月光里，想起故人，心头自会豁然开朗起来。

然而，这所有因月起思的诗篇，都比不过另一个人的开阔大气山风浩荡。这个人就是苏东坡，没有人不为他的《水调歌头》而折服。《水浒传》第三十回写八月十五"可唱个中秋对月对景的曲儿"，唱的就是这"一支东坡学士中秋《水调歌头》"，可见传唱之盛。现今又有人代为谱曲，王菲唱来，同样荡气回肠月白风清：

明月几时有？把酒问青天。不知天上宫阙，今夕是何年。我欲乘风归去，又恐琼楼玉宇，高处不胜寒。起舞弄清影，何似在人间。

转朱阁，低绮户，照无眠。不应有恨，何事长向别时圆？人有悲欢离合，月有阴晴圆缺，此事古难全。但愿人长久，千里共婵娟。

且自代拟前人评价：上片望月，既怀逸兴壮思，高接混茫，而又脚踏实地，自具雅量高致；下片善处人生，表现了苏轼热爱生活、情怀旷达的一面。词中境界高洁，说理通达，情味深厚，并出以潇洒之笔，一片神行，不假雕琢，卷舒自如，九百年来传诵不衰。

这首词好就好在它的开阔上，同样也体现在作者把人间小我的悲欢离合，放在大自然的阴晴圆缺前去比照，仿佛将人从小哀小怜的泥淖一把拽上岸，叫你瞅一瞅自身并非那么可哀可伤。而青天明月一直在高处，人类最重要的是要懂得仰望。人一旦有了仰望之情怀，一颗心才能飞翔起来以俯瞰大地。这样一来，心也就开了，阔了，明朗大气了，还有什么人间的小惆怅、小忧怜不可克服的？古人著书，向来注重教化，唯有诗词是个例外，它能在明月清风中滋润众生，引领着你跟它一起飞升。说来说去，又回到了开头，这就是文字的高台了，非所有人能一跃而上的。

燕燕于飞，差池其羽。

之子于归，远送于野。

瞻望弗及，泣涕如雨。

燕燕于飞，颉之颃之。

之子于归，远于将之。

瞻望弗及，伫立以泣。

燕燕于飞，下上其音。

之子于归，远送于南。

> 瞻望弗及，实劳我心。
>
> 仲氏任只，其心塞渊。
>
> 终温且惠，淑慎其身。
>
> 先君之思，以勖寡人。

早有立意，花半年时间把这部书稿脱手，只是文思枯竭的时刻在所难免，有时干脆离开电脑，做些别的事去。但总归在心里面惦记着，即使睡梦里仍旧到处查资料，急得什么似的，这一急也就醒了。——有几人像我这样忠厚认真，为一部书稿而时常失眠？偶尔去书店，由于心中有惦记，也就下意识地往"读诗解经"的书架前站，抱着一颗看客的闲心，随便翻一翻五花八门的"诗经解本"。看着看着，不免暗自嗤笑起来。不是我这人不懂得自谦，而是那些好解《诗经》的人，实在童稚得离奇。就拿著名的送别诗《燕燕》来说，许多初生牛犊听信《毛诗序》的注释，以讹传讹，以致错得百草寸生，让看书的人都快变得荒芜起来。

《毛诗序》的荒唐不可取，简直"令人发指"，犹如我们的闻一多先生，专门著有《说鱼》，将《诗经》里出现过的跟"鱼"这个意象有关的诗篇通通收归一旁，钉上"性"与"淫"的标签，洋洋大观数千言地考证解读，可谓"别出心裁"。因为收集资料，各方面的有关书籍终需涉猎，多一些求同存异的渠道也好。有时读着浩瀚的资料难免乏味枯燥，闻一多先生的《说鱼》，却也成了阅读中的意外小收获。我对他一手谱就的奇异的"性"的狂想曲，虽不敢苟同，却也领略到一丝愉悦之心，相当于在多刺的鲥鱼里吃出了一朵丁香花。

《毛诗序》武断地将《燕燕》曲解成两个女人之间的送别诗，称："卫庄姜送归妾也。"郑笺紧接着以讹传讹"锦上添花"详解之："庄姜无子，陈女戴妫生子名完，庄姜以为己子。庄公薨，完立，而州吁杀之。戴妫于是大归于陈，庄姜远送之野，作诗见己志。"这从根本上就搞混了《燕燕》里两位主人公的性别。说是庄姜因不能生育而见弃于庄公。庄公疏远她，接二连三地纳了妾，其中就有陈女戴妫，她为庄公生了公子完。总之，庄公身边女人络绎不绝。庄公死后，公子完被公子州吁所杀，这样一来，作为完的母亲，戴妫就要被遣返回自己的娘家了。庄姜作为国母，顺理成章前去送别戴妫。无论是《毛诗序》，抑或郑笺，都异口同声地说《燕燕》是反映两个女性之间的情谊的诗。这样的说法强大到使人信以为真，就连辛弃疾在《贺新郎·别茂嘉十二弟》中也用到了"看燕燕，送归妾"的典故。

这一错，就错了几千年，以致到了现今，还有作者不假思索地信手拈来，装点自己的"门面"。读诗解诗，最忌的就是贪图捷径，倘若不多多参考资料，只一味信奉手头有限的几本书，别有洞天的乐趣便不复体味了。

如果把《燕燕》描写的情景看作两个女人之间的送别，也许前三节尚可附会得过去，但到了最后一节，便漏洞乍出了。叫读者怎么理解"先君之思，以勖寡人"这两句呢？

那么，凭借最后一句，我琢磨着，写诗的应该是一个男人。最后一句是"她"的临别赠言，叮嘱"我"不要忘了"先君之思"，要做一个百姓爱戴的好国君。这么一解，就通了。

将《燕燕》理解为一首国君送妹妹出嫁的诗，似乎妥当得多。这个妹妹，也许是堂妹，也可能是表妹。隐隐地，他们相爱过，但迫于人伦，只得发乎情而止于礼。

然而，有一天，他深爱过的那个女子即将远嫁他乡，怎不叫他肝肠寸断？也只有爱而不能的男女间的送别，才来得如此凄迷。有时候的生离，简直如同死别，日后再也不得相见，于是才有"之子于归，远送于野。瞻望弗及，泣涕如雨"的描述。一句"之子于归"，便透露出女子远嫁的信息，而《毛诗序》和郑笺里双双传说的戴妫回娘家是不可能用"之子于归"四字来形容的。但凡通读过《诗经》的人，都会对"之子于归"这个专用词的意思熟透于心。

宗族里的青年男女互生爱慕，原本稀松平常，不必诧异，近的有张爱玲的姑姑与堂哥的相爱。孤傲的张茂渊原本对被捕入狱的伯父从无好感，可是，为了堂哥，不得不筹钱赎人，竟不打招呼地把张爱玲母亲交由自己管理的股票低价抛售掉。这时候，深厚的姑嫂情谊终究抵不过哪怕一夕之欢的男女之情。可见在情人面前，一切人情都是可以被出卖的。

远的则有苏东坡和堂妹的精神恋爱，即便日后娶了王弗，他依然对那个小堂妹念念不忘。后来，堂妹远嫁至江苏镇江。苏东坡人到中年的时候，有一次做官赴任途中恰巧路过镇江，便顺道在堂妹家住下，一住就是好几个月。那期间，他照样有诗留下，但诗中始终不见堂妹夫的身影，只有堂妹以及孩子们出入。可见，到那时，苏东坡依然心结未开而耿耿于怀，可怜的堂妹夫被蒙在鼓里。

《燕燕》可谓送别诗的始祖了。古人一般意义上的送别，或许折一根柳枝相赠，或许赠一只芬芳的香囊。想着往后或许还有见面的机会，而这次的送别，怕是永别了。她去做了别人的妻，从此宜其室家、儿女成群，他也有着自己的江山事业。原本倾心相爱形影不离的一对燕子，转眼便被这无常的命运拆散，怎能不令彼此沉痛？这个"妹妹"到底是大气的女子，临别时，把儿女情长都抛却，不忘叮嘱心上人："要做一个百姓爱戴的好国君。"

当一袭红衣的"妹妹"，被热闹的迎亲队伍簇拥着，渐行渐远渐无影，他不能将她再看上一眼，到底也顾不上自己"国君"的身份，独自饮泣起来。一句"瞻望弗及，泣涕如雨"，简净得让人哀痛，分明是所有的事情都应放下，但今日且痛快地饮泣一场，也只有这如雨的哭泣才能帮助他暂时缓解一下锥心的离别之痛。诗以燕子双双斜飞起兴，没有怨，也没有恨，有的是情，生而不见的情，生而分离的情，这也是一种"得不到"。而这种彼此心中有爱的"得不到"，反而更加令人哀伤苦楚。

鹤鸣于九皋，声闻于野。鱼潜在渊，或在于渚。乐彼之园，爰有树檀，其下维萚。他山之石，可以为错。

鹤鸣于九皋，声闻于天。鱼在于渚，或潜在渊。乐彼之园，爰有树檀，其下维榖。他山之石，可以攻玉。

这些年来，心里边一直装着一个梦，而且，年龄越长，这个梦越强烈，于是，时常与家人商量着，憧憬着，规划着，退休以后，一定去一个山水明净的地方安度晚年。那个地方最好选在徽州腹地。或自盖几间瓦屋，或租几间老乡弃用的偏房。我要养几十只母鸡，用它们下的蛋换油盐之需；再喂一头猪，两三年后卖掉，就又是一笔可观的经济来源，用来换米面菽麦等基本口粮。春天的时候，我和老头子一起上山采笋采蕨采蒿采薇，将暂时吃不掉的野菜制成菜干，留待大雪纷飞的寒冬食用。平素若想打一次牙祭，便会乘一叶小舟，去太平湖上垂钓，弄三两条草鱼回来煮汤喝。冬天的时候，我会差遣老头子上山打猎，以便腌制一点野物待来年开春与野菜一齐食用。我家门前应该是有一片竹林的，竹林边缘的荒地，肯定会被勤快的我开垦出几片菜畦，春栽瓜豆夏点萝卜，秋植蔓菁冬种荒荽，保证小园里一年蔬菜不断。两个人基本的生活问题解决了，精神生活便显得更加开阔，这开阔的源头是不用花钱就能拥有的明月清风，以及一年四时的草木变迁。更多的时候，我们会沉浸在读书中。偶尔，两人相互照应着，乘一辆汽车，去小镇买些牙膏、牙刷等日用品，再慢慢地回来，一天的日子就是这么过来的，一年的日子也是这么过来的。

自从来到城里，一住近二十五年，我一直没能适应城市特有的喧嚣热闹，也没能学会更好地享用城市中五彩斑斓的良好资源，更没有培养出城里人自成体系的人生观、价值观。比如我的女同事们下班后，非常热衷于穿梭于各大商场之间，尽情地享受着购物的超豪华的幻觉，尤其是周末，简直成了她们逛街购物的隆重节日。她们连迈出的步子都是轻盈的，洋溢于脸上的喜悦之情特别分明，仿佛有飞翔上天的飘逸感。凭借我日后的努力，则无论如何感受不到生活于城市腹地的哪怕一丁点快乐，越是繁华的地方，越令人恐慌和孤独。这些年来，我真正感受到的快乐，只发生在偶尔的出差时段，那种把自己全身心放逐于自然山水之中的快乐令我如临仙境。尤其是隐逸于徽州腹地的太平湖湖畔，更是令我长久地向往。也不知为什么，一介肉身一旦置于那样的湖畔，灵魂就脱胎换骨似的即刻变得轻盈，不禁有飞升的恍惚感。

久居城市，每每身陷颓丧的困境，总是以狂想着晚年的隐逸生活来搭救自己。时光飞逝，这样简朴的生活仿佛也不远了，就算是一个梦吧。作为一个有思想的人，活在当下，是不能没有梦想的。而我要求的实在不高，但凡明月清风竹林婆娑，但凡青山绿树碧水迢迢，于我也就满足了。佛家强调轮回，从哪里来的，必然要回哪里去。而对于我这样的一个从乡野里走来的人，当然是要回到乡野里去。

我一直把自己对于物欲的恬淡之心归纳于来自乡野的名下。在俗世生活里，不跟人争，不跟人夺，最看重的是精神层面的修为，这样也就避免了许多利益上的小烦恼。

我一直特别推崇庄子的为人之道，觉得他是中国最具代表性的隐逸派的楷模。下面的小故事，我读来分外会心。

惠施被封为魏国的宰相后，庄子很为他高兴，于是启程去拜访惠施。哪知庄子还未到惠施家门前，小人们便纷纷跑到惠施那里，歪曲起庄子的来意，说庄子此番前来，来者不善，意在谋取相位。惠施一听，自忖自己的才能在庄子之下，就恐慌起来，更加害怕丢掉官位，于是下令搜捕庄子。为了抓到他，在国都整整搜查了三天三夜。

惠施的举动被庄子知道了，庄子索性主动登门求见。惠施见庄子竟敢自投罗网，大吃一惊。庄子也不向惠施多解释，只是坐下来讲了一个故事：

在南方，传说中有一种神鸟，与凤凰同类，它从南海出发，飞往北海。在途中，若不见高高的梧桐树，绝不栖息；不是翠竹与珍稀的果实，绝不食用；不遇甘甜的泉水，绝不畅饮。

神鸟一路飞翔，它在空中看见地面上有只猫头鹰，正在啄食一只腐烂的死鼠。猫头鹰饥不择食，它看见头顶上的神鸟，以为是来抢食死鼠的，于是涨红了脸，羽毛竖起，怒目而视，做出决一死战的架势。它见神鸟仍在头顶飞翔，便对着它声嘶力竭地发出吓人的鸣叫。

庄子把猫头鹰遇到神鸟的故事讲完后，坦然地走到惠施面前，笑着问他："今天，您获取了魏国相位，看见我来了，是不是也要对我恫吓一番呢？"说完这些话，庄子把惠施晾在原地，放声大笑而去……

我们的世俗生活里，多少人为了"一只腐烂的死鼠"明争暗斗着，有的不惜搭上做人的尊严，有的不惜放弃人与人之间的"义"。大到身居高位的人，小到一个单位里的同事，都有人为了眼前的那一点点小利而费尽心机地周旋奉承……被局外人冷冷看在眼里，简直百丑尽显。人一旦不惜将逐利的一面表现出来，不管他如何衣着光鲜，在灵魂上，都是丑态百出的。

人，不但有逐利的一面，还有附利的另一面，这才是更可恶的。比如你没有小车开，他会笑话你；若你有了小车开，且比他的高级一些，他又会嫉妒你。简直就是笑人贫妒人有的小人思想。这样的俗人生活里不计其数，于是，那些身处边缘的人，拼命赚钱，买房，买车，为的就是避免陷入被人嘲笑的一族里。这样的人更可怜，整日活在别人的价值体系里而浑然不觉。

阿城说，只有"仕"过的人，才有资格去隐。他举的一个最典型的例子就是陶渊明。因为陶渊明在他那个彭泽令的位置上冷眼看透了俗世利益，才要退而避之的。但阿城这个判断用在庄子身上就不灵了。庄子从未入过"仕"途，但他绝非没有这个能力——曾经也是有人请过他的，而他一律用说寓言的方式把别人打发了，一生都活在逍遥游的境界之中。

要说隐士，庄子才是最彻底的隐士。当下，许多人自觉活得累的时候，都会用老庄思想装扮一下自己的内心世界，让自己生出一点"出世"的幻影。

说这么多，尚未切入正题。因为感慨，所以言多。我感慨，是因为在《诗经》中竟读到这首《鹤鸣》，不免于心会会，于情切切。

鹤居于沼泽，其叫声可以传到天上；鱼或者潜于深渊，或者游于浅滩；林园中生长香檀，也生长枣树；山上有美石，可用来琢玉。

这首诗出现在以写情为主的《诗经》里，少见的大气开阔，隐喻得恰到好处。尤其是"鹤"这个意象，虽然身居沼泽，但它的鸣叫声可以传得很远，甚至传到天上。自古以来，鹤都是作为一个仙风道骨的孤洁形象出现的，比如老子、庄子，他们就是人间的"鹤"，虽然置身于荒野俗世，可是他们的思想是可以传得极其久远的，久远得可以与时光相抗衡，几千年来一直不曾泯灭过，并且还将继续流传下去。

自古以来，"仕"与"隐"，一直是纠缠在中国知识分子心里的两道题。比如孔子，他曾经是多么积极入世的啊，乘着一辆马车，游走各国，推销自己的治国主张。那辆马车上堆满价格不菲的布匹，都是他用来贿赂各国把守城池的士兵的，不然，别人不把他引荐给国君，如何高谈治国宏论呢？那奔波的几年，孔子真的很疲倦，到最后，竟没有一名国君赏识他，他一颗积极入世的滚烫的心便也冷却了。但是，孔子没有彻底颓废下去，他走上了另一条路——开门治学，广收门徒。他执着得很，一定要把自己的思想传承下去，以至三千之众的学徒里，出现了颜回、曾点等优秀的学生。孔子这种进可仕退可治学的中庸选择，凸显着一个思想家的高水准，若不能改变现世，那就退而求其次，用思想和观念改变更多的人。——在他后来的著名的七十二位学生中，不是出了不少辅佐国君的重臣吗？所谓革命，不是一天就能成功的，懂得迂回的人才能实现最高理想。孔子就是一个典型的例子，他不仅自己是一块难得的美石，而且将颜回、曾点等优秀学生慢慢地琢成了玉。

　　将仲子兮，无逾我里，无折我树杞。岂敢爱之？畏我父母。仲可怀也，父母之言，亦可畏也。

　　将仲子兮，无逾我墙，无折我树桑。岂敢爱之？畏我诸兄。仲可怀也，诸兄之言，亦可畏也。

　　将仲子兮，无逾我园，无折我树檀。岂敢爱之？畏人之多言。仲可怀也，人之多言，亦可畏也。

　　在《诗经》风、雅、颂三种文体中，我一直偏爱"风"——作为大地之声的"风"，最接近自然本真，是从胸腔里自由而出的一口热气；"雅"大部分是上层社会举行各种典礼或宴会时演唱的乐歌，我一直不大喜欢，也就看得少些；而"颂"呢，不过是一种宗庙之曲，大多用于祭祀仪式，比如向不可知的上苍请求风调雨顺，是小民式的自以为庄重崇高，对这个，我似乎也提不起兴趣。

几年来，我把兴致全部搁在了"风"上，一遍遍地聆听大地之声从两千年前横贯而来。零零碎碎地，将"风"读到如今这个阶段，好比食水果，春桃夏李尝得多了，舌上汁液淋漓之际，心上竟也滋味横生，并渐渐有了一点归纳与比较。

我发现《郑风》所选的诗篇，大多泼辣爽朗，仿佛还有一股力道，足以冲破一切固有的思想樊篱，尤其是从女性视角写就的诗，篇篇洋溢着大胆刚烈的个性，仿佛将自己全身心地解脱出来了，看前读后，满目人性之诗。也难怪，连一贯谨慎守礼的孔子都下了判语，一句"郑声淫"，掷地有声。至于后来居上的思想保守僵化的朱熹，对于"郑风"的恶批就更是有过之而无不及了。

读《郑风》中的诗，犹如初尝榴梿，是视觉与味觉的双重冒险，禁不住小范围的狂欢与刺激。比如《溱洧》篇中，阳春三月，桃花盛开，情窦初开的男男女女，在和煦暖阳和百花齐绽的催发下，纷纷到河边嬉戏打闹，然后把芍药花赠给自己中意的人。有一个姑娘去晚了，在路上碰见一个打闹回转的青年，她竟大着胆子邀请他再去玩一会儿，丝毫不见远古时代少女的矜持，看得人脸红心跳的，不禁有误入妇女解放的盛唐时期的恍惚感；更有甚者，《遵大路》中的那个女孩，是何等无惧——她独自站在路上，终于等到那个已经变心的男人，且看她，上前一把扯住他的衣袖，求他，叫他不要嫌弃自己——既然相爱了多年，可不能就这么轻易分手……简直不可思议，看得人心惊肉跳，即便置身现代且受过新潮思想洗礼的知识女性，也会被女孩的行为惊呆。她，怎如此舍得抛下自己的尊严，去求一个已然不爱自己的人回心转意？但仔细想一想，在我们的青春期，出于对爱情的期待与贪恋，谁没有经历过彷徨期、无助期？我们就那样被晾在那里，无法动弹，仿佛成了一个被强行断奶的婴儿，如何舍得母乳的芬芳？哭闹总是难免的，这也是一种本能。本能的东西，我们无法压抑，更无须觉得羞耻。突然被人遗弃，就仿佛一个呼吸衰竭的危重病人，被贸然拿走了氧气面罩，再也无法生存下去。

与《遵大路》里那个女孩不同的是，可怜的小自尊阻止了我们去路上堵截变心人的步伐，只能藏起来暗暗舔舐伤口罢了。《遵大路》中的女子却有了心到身到的一致性，她丝毫不觉得这是一桩羞耻的事情。懵懂的年纪，泅渡于爱情的长河，谁没遇到过几次险滩暗礁？敏慧如张爱玲者，到末了也还是看不透，她一次次地写信质问胡兰成："当初你在婚帖上写'现世安稳'，可你不给我安稳。"她让他在自己与小周护士之间做个选择，这在局外人看来该是多么的糊涂、幼稚。人家在当下不仅有一位小周护士，还有一个范秀美女士，明摆着是坐享三美的了，何来忠贞不渝的选择？

话题扯得颇远。而我，不过是想说说《将仲子》。四五年前，我在这首诗里看出了一份相当羞涩的情怀，莫非一个天生害羞的内向女孩刚由父母之命媒妁之言结下了一门亲事，那位心上人总是按捺不住猴急的心情夜夜翻墙头来看自己，她顾着名声，好言规劝那个"二哥哥"不要这样不正大光明地来看自己，免得惊动父母及邻居，惹人闲话。其实，四五年后，再读之，觉得压根儿就不是这么回事儿——早年的我，简直是在误读。

如今，我倒觉得，这个女孩子，她一定是另有隐衷的，家人压根儿就不知道她与这个"二哥哥"之间的情事。明里，她大约被光明正大许给了一个婆家，但那个经由媒妁之言的男人，或许不为她所爱。她所爱的就是这个翻墙头来的"二哥哥"。两人的约会，是不被父母待见的，所以"二哥哥"才要偷偷摸摸地在夜里翻墙过来。这个女孩既喜又怕，喜的是两情相悦，怕的是万一东窗事发，被父母得知，该如何是好——他俩的爱情没有未来。到头来，依然难违命运，要嫁的还是那个不为自己所爱的男人，而自己与这位"二哥哥"，不过是贪享几夕之欢，是无望的，没有前途的。她劝他的口气，仿佛欲拒还迎，若"二哥哥"真的不来了，还真让人惆怅。这种偷情的事件，古今戏文、小说里，早已有之，长演不衰。比如昆曲《牡丹亭》，富家小姐杜丽娘不过是在花园里歇着打个瞌睡，恰好又做了一个梦，梦里遇见了贫家书生柳梦梅，醒来后郁郁寡欢，从此一病而亡。这刻画的就是典型的少女怀春。而《将仲子》里的少女同样也是怀春的，她相中了"二哥哥"，在一日日的担惊受怕里，身心如煎如熬，所以作诗规劝，她怕万一情事败露，毁了自己的清白名誉——她内心的压力已到极限了。诗读到这里，竟然有了替她暗捏一把汗的悸痛。

法国作家缪塞在诗剧《少女做的是什么梦》里有一句台词极富妙趣："父亲开了门，请进了物质上的丈夫；但是理想的爱人，总是从窗子进出的。"我觉得这句话——理想的爱人总是偷偷从墙头进出的最适合《将仲子》。说到底，这应该是一篇偷情诗。关于偷情，中外小说中应有尽有，比如著名的小说《查泰莱夫人的情人》。故事也简单。康妮嫁给了贵族克利夫，新婚一个月后丈夫就上了战场。克利夫在战争中受伤，回来时成了失去性功能的残障人士，每天以谈论和研究空洞的艺术、文学打发时间。寂寞的康妮在丈夫的庄园散步，偶然结识了看林人梅勒斯，在一次又一次偷情中，康妮体验到了性爱的乐趣，并怀了梅勒斯的孩子。姐姐希尔达劝她为孩子找一个贵族父亲，这样也不伤克利夫的自尊，他会平静地接受这个孩子。康妮拒绝了，因为她已经彻底爱上了梅勒斯，不可避免的风波开始了……

但凡偷情，无论中外古今，就是一种对于禁忌的突破。所谓禁忌，好比一支时刻悬在头顶的利剑，惯常的情况下是不能碰触的，但有人偏偏打破了惯常，这就有了戏剧冲突。——其实，人生不过就是一场接一场的戏剧冲突。一如《将仲子》里这位几千年前的女孩，因为爱情，她大胆地突破了禁忌，那种既怕又喜的情怀萦回往复，别有一种惊心之痛。

简兮简兮，方将万舞。

日之方中，在前上处。

硕人俣俣，公庭万舞。

有力如虎，执辔如组。

左手执龠，右手秉翟。

赫如渥赭，公言锡爵。

山有榛，隰有苓。

云谁之思？西方美人。

彼美人兮，西方之人兮！

第一次读到《简兮》时，非常吃惊——原来，几千年前，就已经有了追星族。每个人都是从情窦初开的时候过来的，谁没有过对于遥不可及的异性的爱慕？在漫长的青春期，没有早一步，也没有晚一步，恰好就在那个年龄段绽放着暗恋之花。

先秦时代几乎没有影视业，只有宫廷举办的用来享乐的舞蹈大会，或者民间举行重大祭祀活动，巫师势必邀请体态健美的漂亮男子前来献舞。按照字面上理解，《简兮》里的主人公应该是个女孩，她大约就站在舞台边缘一个不起眼的角落。女孩和别人一样，原本是抱着无可无不可的心理前来看热闹的。可是，看着看着，一颗心慢慢就被舞台上正在表演舞蹈的体态健美的男子所击穿，直看得自己热血喷涌，心跳加速，就像被一支利箭射中，不可遏制地，于刹那间爱上了舞台上跳舞的那个男人。这种感情微妙又复杂。若说是一见钟情吧，那个男人却几乎没有看她一眼，这只能算剃头挑子一头热，高大魁梧的男人在舞台上领舞，风度翩翩，才貌兼备，他一直沉浸在自己的舞姿中，压根就不知道台下这位姑娘的存在。姑娘独自一人隐在角落，芳心暗许，任凭万千心绪浮沉，即便海浪滔天，也湿不了别人的一根发丝。追星族的精神苦闷便体现在这里。

《简兮》语词隐约，意象朦胧，全诗旨趣历来难解。余冠英先生说过，《诗经》里凡称"山有……隰有……"，而以大树小草对举的往往是隐语。按照余先生的说法，《简兮》是一首情诗无疑。全诗四节，前三节实写宫廷举行大型舞会，点出舞师以及他领舞的位置，接着描写舞师的舞姿如何优雅，引得姑娘芳心大动。体现全诗精髓的地方在第四节——"山有榛，隰有苓。云谁之思？西方美人。彼美人兮，西方之人兮。"前人评说这一节"词微意远，缥缈无端"。先用山上有榛树，湿地有苦苓起兴，接着自问自答，在思念谁呢？是居于西边的美男子。最后一句更显出了失落感，并且哀叹：这个美男子虽然内外俱佳，然而他却离自己太远了，这一别之后，恐难相见。最后一句显得特别绝望，犹如独自饮酒，惆怅无奈，自哀难遣。

全诗以"彼美人兮，西方之人兮"作结，使那种暗慕涌动的情绪戛然而止，好比抽刀断水，当断则断，是"细眉淡远"之笔，用张爱玲的话来形容，简直"萧然意远"。

对于在舞台上跳舞的男人来说，暗慕他的人简直多如牛毛，任凭姑娘怎样的痛苦难言，他也都一概不知，姑娘的暗慕总是逃不掉隔山打牛的结局。不比当今，为了赚钱，拉近与追星族的距离，明星们常借机行走于大中城市开个歌友会什么的。这时候，作为暗慕族的一员，尚可以抱最炫的一捧花去送，并且让其在自己贴身的衣物上签名，三年不洗，更可以零距离地接触，挽起他健美的胳膊合一张影，洗出来挂在床头，日里梦里都可以看见，并且意淫不止……即便得不到他的身体，但是，至少在精神领域，也曾虚幻地拥有过他的灵魂。就当是梦一场，然后，心智慢慢成熟，逐渐退出追星族的舞台，再然后，就轮到儿子、女儿去做追星族了。一代一代，就是这么过来的，一下延续了几千年。

回首往昔，十七八岁时，也曾刻骨铭心地暗慕过一个男演员。每次在电视里看见他，心都仿佛被什么给扎了，疼得缩一下，对那个男演员的一颦一笑都记忆犹新，他有两个深深的酒窝，有一个非常文气的名字。那时，我常常在夜大的课堂上走神，然后趴在课桌上，在书的空白处一遍遍写他的富有内涵的名字……那真是一种华丽的迷恋。在那部家喻户晓的电视剧里，作为剧中的角色，他留学归来，被年轻的继母所吸引，随之有了一场不伦之恋，然后，到底厌倦起来，又与家里的丫头（同母异父的妹妹）好上，继母从此变得疯狂……其中的一切内情，又不巧被自己的父亲得知，于是双双逼着他，让他难堪，让他痛苦难遣……我一次次地看着他出场，一次次替他揪心不已。

再后来，那个男演员不断地塑造了一些不同凡响的角色，而我的暗恋病，竟奇迹般地不治而愈，我们各走各路，再也不曾交会过。后来的他，再也引不起我的丝毫兴趣。暗恋，就像写诗一样——谁没在青春期诗兴大发过？这是上天的恩赐，我们不必羞愧难当。

这世间的恋情千千万，但凡不发展到打搅别人生活的程度，都是没有问题的。但是，若疯狂到几年前的杨丽娟的程度，势必要遭人耻笑了。从初中时代开始，她便将刘德华的相片贴满房间，整天朝圣一样地膜拜着，甚至连学也不上了，整天躲在小屋子里，像患了相思病一样，连一个人的正常生活都主动放弃。原本就没工作的她，用父亲的退休金买昂贵的机票跑到香港参加歌友会。按理说，面也见了，影也合过了，心愿也算了了吧，可是杨姑娘依然不依不饶，甚至威胁刘德华，若不出来单独见面，她就会自杀。杨丽娟全家真的像得了癔症一样反复纠缠，老父投海而死，杨丽娟依然不曾悔改，一门心思地要嫁给刘德华。已经不能把她当作一个正常人看待了，她真的病了，且病得很深，需要心理医生去干预。那一段时间，这个女孩把一厢情愿的暗恋行为发展为一场惊天动地的恨嫁"壮举"，连老父的命也搭上，这个杨姑娘，真是可怜，可嫌，又可悲！

而几千年前写下《简兮》的这位姑娘，她后来应该也是与我一样从一场虚幻的爱慕中解脱出来了吧。在心里如何疯狂地爱慕，皆可，只要不妨碍当事人。就当发了一场高烧罢了。

二子乘舟，泛泛其景。

愿言思子，中心养养。

二子乘舟，泛泛其逝。

愿言思子，不瑕有害。

阿城在《闲话闲说：中国世俗与中国小说》的某一章节里写道：

女子在世俗中特别韧，为什么？因为女子有母性。因为要养育，母性极其韧，韧到有侠气，这种侠气亦是妩媚，世俗间第一等的妩媚。我亦是偶有颓丧，就到热闹处去张望女子。

阿城这段话写得温情脉脉，他不是在赞美所有的女性，而是有选择性地赞美了身为人母的女性。我有幸即将成为一名母亲，所以，看阿城的这段话，心思不免浮泛起来，憧憬着将来，自己也能成为一名有韧性、有侠气的母亲。自从孕育着一个小生命，逐渐地，不知是出于母性的刺激，抑或是天性，看待一切便也坦然了，见山是山，看水是水，尽量不再颓唐悲观，因为从此有了一个更加弱小的生命需要自己来呵护。我看见过母鸡护雏，也看见过母猫护仔，也见识过老牛护犊……动物身上无形中散发出的那种侠气与人类的母亲是同出一辙的。自从孕育了小生命，看世间一切的目光也变得柔软长情。去菜市场买鳝鱼的时候，总是祈求千万不要买到带子的母鳝。我看过一篇文章，说是有人在烹烤鳝鱼时，在烈火之上，鳝鱼死死把自己的肚子拱成弓形，起先，烹烤的人不解，后来吃的时候才恍然，原来，那条把自己弯成弓形的鳝鱼肚子里有许多子。对于那篇文章，现在回想起来尚觉惊骇，这世间的母性是多么的有韧劲啊，自己死到临头，原也无所畏惧，但一定得想尽一切办法保护尚在腹中的幼子，哪怕让他们比自己多活一会儿。汶川地震后，网络上流传着许多废墟图片，其中有母亲张开臂膀死死护住身下孩子的图片，那一张张护犊图至今让人默然难忘——虽然母子双双命赴天堂，但有了母亲温暖臂膀的阻挡护佑，孩子必定少一点恐惧。

　　说来说去，我不过是想说一说《诗经》中出现的一首《二子乘舟》。这是一首反映母子情的主题诗。一部《诗三百》，写尽人间情爱，其中多体现的是男女之情——相思之苦、分离之苦，以及婚丧嫁娶的悲欢离合，也写人之常情——征夫恨、怨妇愁、弃妇痛、相见欢，唯独母子之情少之又少。幸亏有了一首《二子乘舟》，只两小节，短短八句，却把一个母亲的担忧之情展现得淋漓尽致。这样翻译成白话：

我的两个孩子乘着小木船，顺江漂流去了很远的地方。自打他们走后，我总是在心里挂念着，他俩该不会遇到危险与灾祸吧？

这就是一位母亲，她对自己的孩子永远不放心。她的两个孩子既然可以乘船远游，应该是成年人了。可是，在母亲心里，即便她的儿子早已娶妻生子，她都愿意一直把他当成一个需要自己保护的孩子去看待，去照顾。所以说，自古婆媳是一对天敌。怎么讲？对于婆婆而言，自己好不容易培养出一个完美的男子汉，却被一个外姓小女子轻易地"拐"跑了，以致不再留恋自己苦心经营的温暖堡垒，毫不犹豫地与心上人自立门户，你叫做母亲的，这心上如何搁得下？所以说，在婆婆的潜意识里，几乎是儿媳妇从自己怀里抢走了她的儿子。想想看，婆媳感情能够亲如母女吗？那是不可能的。

扯远了，回到正题。对于这首《二子乘舟》，一直众说纷纭，其中有一种说法似乎可信。说的是卫宣公强纳太子伋的未婚妻后，与她生下了公子寿和公子朔。后来卫宣公想废去太子伋而立公子寿为太子，于是派太子伋去坐船，并暗地里叫船夫弄翻船淹死太子伋。不知怎么的，竟被公子寿知道了这件事，公子寿为了保住这个同父异母的哥哥的命，毅然决然地跟哥哥伋一起去坐船，船夫因此不敢把船弄翻。

　　那么，《二子乘舟》中的二子，就是指太子伋与公子寿了。那么写诗的人应该是公子寿的亲生母亲了。她知道船上布满杀机，但"二子"又不得不登上这只"危险之舟"。两个孩子漂浮不定的命运，让她这位做母亲的深深焦虑着，担忧着，她是那么的不放心，害怕两个孩子真的遭到不测。而自己身为一个女人，一位母亲，却是那么弱小卑微，丝毫主宰不了自己的孩子的命运，这怎能不叫她忧心如焚？也许，两个儿子再也没命回来，这又是怎样的惨痛人生啊。

　　孟郊在《游子吟》中写："慈母手中线，游子身上衣。临行密密缝，意恐迟迟归……"大意是说，无论儿子走到哪里，在精神上，都像风筝一样，被母亲用线紧紧牵在手里。而《二子乘舟》中的"二子"，怕是这根风筝的线要被强力扯断了。作为母亲，她再也牵不到那根飘摇的线了。中年丧子，是多么惊恸的事情！而做父亲的，怎么如此冷血狠毒？虎毒尚且不食子，一样是自己的孩子，卫宣公何至于下得如此毒手？

　　自古以来，母子情深似海，最著名的当是孟郊的《游子吟》。

到了清代，两位溧阳诗人也写下有关母子情怀的诗篇，其中一位叫史骐生的诗人写："父书空满筐，母线萦我襦。"

另一位诗人彭桂的诗句也相当感人："向来多少泪，都染手缝衣。"

到了现今，我们一直都固执地认为，若是养了个男孩，那么这小子一定跟妈妈亲些；若是养个女孩，她一定与爸爸亲些。这仿佛成了一个颠扑不破的真理，在俗世里流传下来。然而，无论是男孩还是女孩，我们做父母的都唯愿他们健康平安，一生坦途。偶尔他们出门在外，不用让我们担心他们"不瑕有害"，便足矣！

> 东方之日兮，彼姝者子，在我室兮。在我室兮，履我即兮。
>
> 东方之月兮，彼姝者子，在我闼兮。在我闼兮，履我发兮。

这本书写到这里，突然被困住了，达两个多月之久——一切皆源于这首《东方之日》的语焉不详。去图书馆查了可能查到的版本资料，不下几十本，结果是依然不能令自己信服，就暂且搁下了。因为心结缠绕，我不能放怀做别的事情去，哪怕跳过该篇不写也不能。——对于这部书稿，一直怀有珍重之心，对于心仪的每一篇，不曾潦草地一笔带过，非弄明白来龙去脉不可。

百无聊赖中，想起一位已故女作家对于另一位人到中年的女作家的婚姻劝告："你不要找，你要等。"于是，我也在等——等那么一天，突然灵光闪现，我一下读懂了这首《东方之日》。

关于这首"齐风"的解读，大致分两派：一说是新婚宴尔之诗，小两口好得不舍得分离；另一说颇有些前卫色彩，说是一个女子自荐枕席，固执地来到情人的房间，从清晨缠绵到日暮。尤其后一说中"自荐枕席"这个词，用得何其轻蔑呀，整个一男权口吻。不禁替两千余年前的那个女子抱屈，若是两情相悦，又何来"自荐"一说？我在芜湖的时候，听见过两个大妈级的妇女在咬一个姑娘的舌根子，用语毒辣，一个说："还没谈几天恋爱，就到男方家去，待到深夜也不走。"另一个附和道："现在的女孩子，就跟老母猪一样，赖着就不走了……"我不经意听到她们的话，臊得面红耳赤，一边替她们说到的女主角叫屈，一边暗叹：历经世事的女人，真是皱纹渐长，刻薄越甚。放在《东方之日》中这个女子身上，倘若按照资料上所言的"自荐枕席"一说，不成了芜湖那两个妇女嘴里的"老母猪"了？人的嘴何其歹毒啊！是什么遮蔽了她们原本纯洁的眼睛，看不见别人狂恋深爱，却偏执地将别人的感情往龌龊的泥淖里生拉硬拽？

当我反复琢磨诗中个别字词的意思之后，我非常确定地认为，"新婚宴尔"一说，似乎不大靠谱。我宁愿相信他们俩是未婚同居。先秦时代，民风淳朴粗犷，尚未受到三纲五常的洗礼，男女之间的交往称得上开放天然，每年桃花开放的时节，男女间盛行去水边游玩。说到底，那就相当于现今的万人派对。但凡遇到中意的异性，女孩子是可以大胆出击的——用一朵芍药花击中目标。若那"目标"对自己也有情，会回赠一些比芍药花更为贵重的礼物——郎情妾意这个词虽然鄙俗了些，但到底涵盖了两情相悦的世俗热闹在里面。

我愿意把这首诗翻译成这个样子：

早晨的时候，美丽的她来到我的家。在我的家里，她踩着我的脚印走来走去。

夜里的时候，美丽的她来到我的卧房。在我的卧房里，她抚摸着我的头发。

同样的一个"履"字，在两节里分别代表着不同的动作含义。在第一节里，应该是"踩"意。到了第二节，依然取"踩"意，就不免牵强，所以我愿意把它理解成"抚摸"之意。

踩着情人的脚印走来走去，这样的刻画生动忘情。当一个人疯狂地爱上另一个人，理智如寒冬的微火，总要熄灭，即便是那个人身上的烟臭味，在荷尔蒙的刺激下，也会变得格外好闻。早年辛晓琪有一首《味道》，唱的就是这种迷狂状态：

想念你的笑，想念你的外套，

想念你白色袜子和你身上的味道，

我想念你的吻和手指淡淡烟草味道，

记忆中曾被爱的味道……

什么"白色袜子"，什么"手指淡淡烟草味道"……试问，哪个男人的白色袜子不发黄不变臭？哪个嗜烟男人的嘴里不口气冲天？但是，此刻的情人一概视而不见，甚至在"丑"的意义上进行着一厢情愿的审美。

肥皂剧《金婚》里，结婚多年以后，患有洁癖的小学教师"蒋雯丽"时常在晚上把丈夫强行推下床，呵斥他去洗头、洗澡，"张国立"赖着不走并强辩道："这可就是你的不对了，当年你不是说非常喜欢闻我这头油味吗？闻不到，还想得睡不着觉呢！"

两句话，把横在二人之间多年的隐而不发的温情即刻粉碎。大抵，从情人变成夫妻都有这样的转变。成家以后，荷尔蒙渐渐消失，就连当年好闻的头油味也变得臭不可闻。

那么，按照阿城所谓的"常识与通俗"的理论来推断，《东方之日》里，姑娘踩着情人的脚印走来走去这一迷狂状态，根本就该发生在婚前。张爱玲在《红玫瑰与白玫瑰》里刻画的王娇蕊，在佟振保不在的时候，捡起他丢在地上的烟蒂重新点燃，在自己的呼吸吞纳里幻想着与他的肌肤之亲，这就是典型的迷狂状态。

多年以后，张爱玲自传体长篇小说《小团圆》出版，我们又在小说里捕捉到一个类似的情节——邵之雍走后，盛九莉把他扔在房间地上的烟蒂一一捡起，装在一个信封里。这就是爱得迷狂的样子，关于那个人的点滴都不曾错过，关于他的一切，自己都愿意有在场的仪式感，唯愿分分秒秒活在他的气息里。

　　你我谁不曾自青春的河里蹚过？这些情节日后重新审视起来，简直触目惊心，宛如一把把飞刀，把恢复理智的我们割得遍体鳞伤。就像给鱼刮鳞一般，日后的我们好比一条条从水里捞上来的鱼，大口呼吸着，是求生，也是哀告吧，哪怕让我们活着的肉体，多延缓一刻衰亡。而那把青春的刀沾着血迹，凌厉地一下一下刮在身上，痛到骨头里——曾经，迷狂到踩着他的脚印走来走去，也找不到不爱的理由，而今只一息尚存，却再也没有了爱的理由；曾经，迷恋到捡起他丢在地上的烟蒂来吸，只为了挽留他唇边的气息，而今一切都是死鱼翻了白，除了污秽腐朽，就是不堪触碰的漫长回忆……

　　你看，我把诗解到这里，顿时寡趣荒寒起来——到底，《东方之日》还是一首悲哀的诗，别看是女孩踩着情人的脚印走来走去的，过不了多久，就会遭遇到一片鱼肚白的污腐。

　　爱情的可珍，在于它的短暂稀有，因为短暂稀有，所以令人难以忘怀；而爱情的可哀，在于它的无法保鲜。是鱼，难免一死，是自然规律，人若妄想靠一口热气留住永恒，那是把自己的眼睛蒙住了，即便对于一片鱼肚白视而不见，那阵阵恶臭也躲不开。

一部《诗三百》，永远解不完、参不透，而《诗经》的魅力恰恰体现于此——因为它的简约不赘，因为它的隐而不白，谜一般让我们费心去猜。《诗经》的好，就在于它的不确定，它的徘徊，它的婉转自持，它的多意环绕……但凡有一颗诗心的人，都能慢慢接近，抵达大河夹岸的芬芳，大树繁荫的爽凉，哪怕歇息在此，打一个小盹儿，做一个小梦，也是美的。人生里有了一口书卷气，即便身处俗世，也不觉得可哀。

十亩之间兮，桑者闲闲兮。行与子还兮。

十亩之外兮，桑者泄泄兮。行与子逝兮。

最近，全民疯玩"开心网"——买房，种地，养猪，喂羊。原来，人人心中不仅仅有一个春天，还都藏着一个遥远的田园梦。起先，我颇不屑，将这种虚拟行为斥之以"无聊"，后来在同事的精心指点下，一步步地上了道，且到了入魔的程度。种菜养草入了迷，种下种子，几小时后就有不菲的收获，拿去卖掉，换回不少的资金，然后，再用这些资金去干些别的事情，比如买一只小鸡雏，或者一只绵羊，再或者一头小牛犊。过不了多久，小鸡雏长成了成年鸡，源源不断地下蛋；绵羊也会一次又一次地褪下羊毛；当小牛犊长大了，一桶桶鲜奶就不愁供应了。做这些事情，是要分级别的，一开始只分给你一两块地，当你的资金与魅力值节节攀升的时候，你才能逐渐拥有更多的田地，种植瓜果菜蔬。坐在电脑前，一句话不说，只默默地翻地，浇灌，买种子，下种，锄草……仿佛回到儿时的乡村，一切了然于胸。农事，是一种永恒的牵扯，让人始终认得生命的来路与去路。在一个个万籁俱寂的深夜，有一个人不为别的，只为守在电脑前，做这些孩子般的虚拟游戏，心中充满无上的舒畅。

人活到后来，越发懒得讲话，喜欢把自己置身于农事当中。城市里的阳台上，稍微有点诗心的人，必定草木葱茏。养草养花，与其是一种自娱，不如说是一种怀念，一种久远的农耕气息在血液里流淌不息。我们的祖先都是从那样的时代走过来的，我们的身体里流着同样的血液，这是几千年的物质文明也清洗不了的，骨肉相连，剔骨去肉也磨灭不掉的痕迹。

有时，走在城市的街衢巷陌，一次次感动于旧花盆里一株株鲜嫩碧绿的丝瓜苗，在斜阳里默默地生长。我们种它，不为吃它，只为欣赏这抹天然的碧。人生于天地之间，唯独与自然贴得近，活到后来，似乎什么都有了，然而，又似乎什么都没有，心里总是空落落的，唯一心心念念的，依然是那一抹绿。所以，三月的时候，我们要去郊外踏青；端午节的时候，我们充满仪式感地买回艾草和菖蒲插在门头，并且用芦苇叶子裹粽子吃；中秋节的时候，买回石榴，在朗朗月色下，一点点地剥着吃，吃完，拍拍手上的汁液，再望望头顶上的一轮明月，仿佛万千的心思都有了寄托。在高度发达的城市文明的熏陶下，我们试图保持与自然的联系，靠什么呢？靠的就是脚下这一寸寸土地。

《十亩之间》的主人公也有着同样的性情，他幻想着自己行走在一片广阔的桑田之中，并且深深地被采桑饲蚕的农民的闲适打动，然后宁愿自己与采桑人一同归去。归到哪里？并非归到农民家讨一口饭充饥，而是将身心真正放逐到田地之间。这是否就是隐者最高远的理想？归，也是逝，并非逝世的逝，而是彻底遁入了宁静淡远的化境，与清风明月为伍，与夏粮秋食为伴，这才是真正地人活天地之中。

我借住的小区，有些旧了，大约兴建于二十世纪八十年代末期，有那么几块空地闲置着，每年总被几家人重新翻过。春来的时候，点上豆子，栽上西红柿秧、豆角秧。到了初夏，每每黄昏，我驻足于有限的几畦豆角地边，对着那一丛丛豆角花发呆，这梦幻一般的紫，是何其美的精灵，如一双双婴儿的眼睛，懵懂又深刻，顽皮地看着我。我们相互珍惜，深觉对方不易，在这可爱又可哀的世上存活，身外的喧嚣如潮水退后，将复杂的人际关系席卷一空，只留下它涉世未深的花朵以及我原本丰厚易感的内心。这样的时刻，同样可与《诗经》里描述的"十亩之间兮，桑者闲闲兮"的境界媲美。有时，与一丛花对看，是无须语言的。

而今正值栀子花的盛花期，每年此刻，我的嗅觉都要历经一次狂欢。小区房前屋后皆植有大片栀子树，有大叶复瓣的，也有小叶单瓣的。在清晨，在黄昏，在正午的烈日下，走在它们身边，那叫一个香——栀子花的香，是我迄今为止无法用文字形容的独一味芬芳，我只能全身心地迎上去，无比爱怜地捧着花宝宝，像捧着我的孩子。我把它养在水杯里，搁在电脑桌上；我把它挂在蚊帐里，滋养我一个又一个美梦。凌晨，在鸟叫声中醒来，昨夜用别针固定在蚊帐上的花朵稍微有点儿蔫，却依然芬芳如故，宛如先知的灵魂永远悬浮在空气中，无所不在，将真正热爱它的人精心护佑。

下

部

　　多年前，当我知道《采薇》里面的薇就是遍布山野的嫩豌豆苗时，非常遗憾。好比一直与一个人通着信，与他谈道论艺，诗来书往，待到某日，忽然见了面，禁不住含恨撞墙而死——原来这个人就是隔壁村里二大爷家的狗顺子。他既然叫狗顺子，就不应该跟我谈这些高韬的玩意儿。或本不应与他见面，且一直谈下去。那么，我会爱上他吗？靠我的想象力去把文字里的他穿透？

　　后来，我坚决不看注释了，只要带草字头的字，我都不看。我要去想象，我要把它们永远留在文字之内烟火之外。自《诗经·国风》始，这些草木花蔬在《诗经》里均各自担当了"六义"的重大角色。何谓"六义"？风、赋、比、兴、雅、颂。几乎每一首诗开端，都由它们来"比兴"。无论男女之情、思念之情、怀人之思，还是悼亡、暗恋……均少不了它们的参与。人与自然的和谐关系，是经由它们迈入圆满之境的。

那些草字头的字，一个接一个，来了又去，去了又来，葳蕤不息，在我的心底兀自开落，衰了又荣，繁华萧瑟，一年，一年。我便是靠着这些想象度过一个又一个和美夜晚的——所有的星光都来护佑。卷耳、苯苢、蘩、蘋、甘棠、芄兰、荇、荼、蓼、葑苴、胡荽、荏……还有一些草字头的字，《现代汉语词典》里再也不见它们的影迹，它们是有格的一群，心事恬淡，身体不大好，畏寒，微微怕冷，亦怕这喧嚣的世界，所以，不大愿意出来了，只肯待在《诗经》里，滋养每一位翻阅它的人奇异的想象力。然后，我们合上书页，满心喜悦地陷溺于睡眠的大水，遇见一个甜美梦境。若是我有两个女儿，大女儿，就叫她荼，小女儿，就叫她苢。谁都知道，我家两个女儿叫苯苢。现在客居首都的那位诗人兼随笔家也叫这个名字，不过，没有草字头，他叫车前子。对，苯苢就是车前子。

我在汪曾祺的文章里读到"春初新韭，秋末晚菘"时，对这个"菘"字有了眷顾之念，想，它可能与"艾"是芳邻。后来，竟忘了狗顺子的教训，跑到词典里查，原来这个"菘"就是大白菜。好在白菜比狗顺子强些，他终究是穿着中山装的小学教师，插一支钢笔在口袋里，有一点点愚。我们放学后摘一把野山茶递给他，他不接，两手插在口袋里，只笑，竟红了脸。我们的骄傲的小小的心，就是在那个微微羞涩的小学教师培养下长起来的。那时我们不懂"邂逅相遇，与子偕臧"，小学教师可能懂了。也许是看见野山茶，再看看我们无邪的脸，他忽地想起"有美一人，婉如清扬"了吧。所以，于心激荡——并非我们逗他的结果，而是他被自己的想象力击中了。或许就有个美人在邻村的小学里教书呢，他要踏着蔓草去与她相见……

说到白菜，就会想起萝卜。这萝卜啊，它在《诗经》里还有一个好听的笔名，叫菲。"习习谷风，以阴以雨……采葑采菲，无以下体？德音莫违，'及尔同死'。"此《谷风》又是一首弃妇诗，暂略，不表。

许多真相，一朝知晓，便失了诗意，或可叫想象张力。《野有死麕》便是典型的代表。"野有死麕，白茅包之。"包了干什么？献给心上人去。你一不写信，二不作诗，竟拿白茅草包一头小獐，还是死了的，送给心上人？姑娘会要你这么匪气滥俗的礼物？再说，你既然不会作诗，弹弹琴也是好的吧。退一步，漫山遍野都是红花绿草，再怎么蠢，也好过送一头死獐。爱情不要物质，爱情要飞翔。据后世的释词家考证，这个姑娘后来可能还是答应了——因为这些老家伙都说姑娘怀春了。大煞风景！同样一首诗，《毛序》认为"恶无礼"；《毛传》斥之为"凶荒杀礼"；欧阳修说是"淫奔"。

一首，一首，字字斟酌，要花几多意念、情绪、心力？那该是怎样的爱？某日，于书店，翻老周的书，他解《七月》，洋洋数千言。我站在书架前，整个呆住。这一定是他的晚年之作。那份静气开阔无人可比，所以说他是深井。

　　花草、谷蔬、虫鸟，四季劳作，本是平常，却惹得人痴痴钝钝，全凭爱为血脉。

　　我坐在南窗下，念《诗经》，有了情绪，隔了遥遥日月，想起葵荼菽麦，稻浪飞花，想起秋蟋入床下，想起再过几月，就要赶走老鼠，准备过新年了。秋阳融融，沉寂无声。一忽儿，时间也不早了，我要准备午餐，往菜市场去。——我要买一点《诗经》里面的菲和蔓菁，还有芜菁。

白露为霜

　　小时异常爱看喜气热闹的事情。因为四处漂泊，没有什么长久的玩伴。独处，太令人窒息，何况一个幼童，更加无力承受，所以，特别容易被热闹的事情惊动。在乡下，最热闹的事只有一件——别人家的婚礼。那种崭新的快乐，恰似一群喜鹊被人的脚步声惊动而一飞冲天，那种令人眩晕的喜悦，让不知所措。

　　后来，也想过，这样的趋闹心理，可能不仅我一个人有，大家均是这样的吧。也不确定，一直模棱两可着。待读到胡兰成的书，他说自己小时候喜欢看人家办喜事，好比平畴远畈有桃花林，不必属于自己，看了照样内心喜悦。还有什么比他这个卓绝的譬喻更确切而妥当的呢？后来，他又引申开去，谈到《诗经》里的婚礼，说中国社会的理想便在《桃夭》等篇目中，求一种现世的安稳与普通的幸福。

有一个阶段，心境非常糟糕。读到《桃夭》，就觉得这是一首悲哀的诗。沃野千里万里，桃花齐齐盛开，且灿且烂，芬芳华丽，人间多美的盛景，多热闹的良辰，可是，偏偏有一个姑娘要出嫁了。那时，我觉得嫁人是一件极度悲凉的事情，心里隐隐有障碍，不快乐，仿佛出嫁是与爱情擦肩而过的事。从此，意味着她便绝了一切念想，那个人所给的温馨，慢慢变冷，自己重新活过，生又何欢，死又何苦？且收拢了心，安分地做别人的妻，起早摸黑，生儿育女。然后，银霜布满发梢。偶尔，在不为人知的角落，旧事不讲理地缠绕上来，日渐委顿的心，不可遏制地痛一下，又活过来了，几滴冷泪簌簌滚落衣襟，必须拼劲忍住，迅速抹一把脸，仿佛去田畈摘菜，在狭窄的路口遇见村中熟人，笑了，折身让别人先过，依然那么体面，一切都过去了，万念俱灰……对，以前读《桃夭》就是这么一厢情愿地想的。觉得它是一首悲哀的诗，以盛景衬哀情的诗。这个姑娘原本是主角，可是，被别的东西抢了风头，先是沃野里的桃花，后是别人的祝福，无非三餐饱饭一枕甜梦罢了。继而佩服这个诗人，将不相干的全部彰显而出，更衬了背后那个姑娘的悲凉之情……

　　而今，我可不是这么想。是暮秋，暮秋更有寒意。我躺在床上，双手举着《诗经》，读着"桃之夭夭，灼灼其华"的句子，一颗心久违了的热闹之情，似冲天喜鹊，仿佛所有的华美在绿绸上流淌，觉得这是一首最温暖、最喜悦的诗。《诗经》里的结婚场面大抵在两个时令：一是春暖花开之际，二是隆冬雪飞之时。在我们那里的乡下，好像一直延续着这个传统。同样是结婚、贺婚，《鹊巢》就不比《桃夭》让人温暖激荡，整个透着俗气，马有多少匹，车有多少辆，且装了多少厚礼。这样的粗俗做派，不稀罕的，一望即知是富贵人家的婚礼，所以，没有《桃夭》中的雅气。

实则，往深了想，结婚是最没有意思的事情——终是做给别人看的，热闹在别人眼里。最好可以长相思，欲求不得，一辈子心心念念，欲罢不能，君心，我心，刻骨铭心成恨，最好不过如此。其实，上面的，均是为了铺垫，我真正想说的是《蒹葭》。

也是这样的萧瑟清秋，我站在四面环水的芦荡。白露为霜的清晨，突然地，想起那个人，无法抑制的思念，霜降一样紧紧覆盖了我，一步步陷入深渊，迷离，恍惚，闭上双眼，河对岸布满那个人的影子。多么想溯游从之，可是，心路既难又长，该如何追去？往事一幕一幕，催人落泪……这才是爱情，不死的，永恒的，一辈子忘不掉的，像苇絮一样拂过荒凉的心。那个人始终在，挥不去，挣不脱。有一种热望，始终不可逆转，霜露一样无言。心底的旧情，潮水一样翻涌……"蒹葭苍苍，白露为霜。所谓伊人，在水一方。溯洄从之，道阻且长。"这里的道，应是心路吧。心路是最难走的，漫长无涯。说来说去，就这颗心最难对付。

至于胡兰成所说的"现世的安稳"、"普通的幸福",此等俗世理想,太易获得。我们不是经常遇到人间富贵如花的婚礼吗?这些都是典型的现世安稳、普通幸福,一桩桩,一件件,彼此愿意,也就算了。

一颗心,经得起霜意,怕也是接近完好了吧。

　　看见一位读者这样概括一位女作家的婚姻："她与他在一起，幸福、充实、自由，内心充满祥和与安宁。"这句话里有大世面，温柔敦厚，宁静致远。我自 1998 年开始读她的书，隐隐约约，每一本书里，都有她先生的影子，她怀着感激，说他为她分担了一切……每次看她不经意地在那里絮语，总有一种幸福飘忽于眼前。

　　嗯，他们相互找对人了。因为温暖，她的文字尽显从容历练，充沛着安宁之气，所以我们一直羡慕他们这样的神仙眷侣。一晃这么多年，连广大读者也看出她与他在一起，"内心充满祥和与安宁"。这种两性相遇而相携的幸福，真的很少。我们常常奔跑了千里万里，却原来还在那条路上。绊倒自己的，还是自己。倘若有了邂逅，也会平添一份无言之省。

晚餐后，做完所有家务，接下来最向往的是：天地无声，拧亮床头的小灯，把《诗经》搬来，温温疲倦至极的心，然后，所有的情绪都沉静下来。这几天所读之诗，都悲悲切切的，像拥在一起取暖的羊羔。先是《江有汜》，"之子归，不我以"，心里爱的那个人终于嫁人了，她再也不要我了。除了忧虑，我还能怎么办？连长江都有别流，何况人乎？她终于嫁了人，再也不到我这里来了。诗到这里，仿佛也没有什么的——谁没有失恋过？可是，这个人哪，他就不一样，他太在乎了——"不我过，其啸也歌"，竟到了悲愤长啸的程度。许是一颗心，被负得太深，伤得太狠。我想，女人对付男人最狠的一招，就是突然嫁人——嫁别人，然后，让那人长啸当歌，一辈子心心念念，忘不了。这比自己突然死去还要决绝。

后来，我又翻到《泽陂》，又是一首男人的单相思之作。

彼泽之陂，有蒲与荷。

有美一人，伤如之何？

寤寐无为，涕泗滂沱。

……

寤寐无为，中心悁悁。

……

寤寐无为，辗转伏枕。

一层一层递进，先是哭，然后忧郁终日，到末了，卧而不寐。这样的思念，深且久，醒里梦里都是美人的影子，如何是好？可见，得不到，永远比得到的要好，还是那句话："吃不到的天鹅肉，永远是天鹅肉；吃到了的，都成了粪土。"在《泽陂》里，吃不到的一块天鹅肉，幻化成一首情真意切的好诗，极尽得不到的人心之哀而流传千秋万代。

或许是女性视角的缘故，纵使那人如何的痛而不寐，于我，终是隔了一层，好比深秋大雾天里看日出，不明朗，湿漉漉，又似半夜起来听闻人声鼎沸不入耳，终究隔了一层帷幕，参不透。依然还是喜爱女性诗，尤其悼亡之作，竟也觉出比男人写得真，写得好。看《素冠》：

庶见素衣兮，我心伤悲兮。聊与子同归兮。

看见他的一件白衣服，悲伤难抑。寥寥数言，别的一切花哨语言皆省略，或可一口咽下去，只一句："我要与你一同死去。"可能连泪也没有一滴，所有的哀伤都隐在这"与子同归"里。

同为悼亡诗，私下最爱《葛生》：

葛生蒙楚，蔹蔓于野。

予美亡此，谁与？

独处。

……

角枕粲兮，锦衾烂兮。

予美亡此，谁与？

独旦。

连求与其贫贱相依，也不可得。最痛苦的事是，那个人埋在土里的兽骨枕头和锦缎被子都烂掉了，而她依然想着他，独坐到天晓。到底，一颗哀恸之心，被人世的风雷霜雪慢慢平息，便有了：

夏之日，冬之夜。

百岁之后，归于其居。

他不在了，她仍活着，百年以后，还愿意与他住到一块去。她心里有这个把握，不会再爱别人了，等自己慢慢活够，然后再与他同葬墓穴。每次读这首诗，我都会想起同学的母亲。她父亲死去经年，她母亲一直寡居——她父亲的相片一直挂在她母亲的卧室里。每次，无论在路上遇见，还是到她家去，我都会小心翼翼地唤一声："阿姨。"这一声"阿姨"里，埋着无限的怜惜，她不会知道。她的内心藏一份深爱长情，即便孤单一人，又何尝不是幸福？他在她心里，生根，绽蕊，结累累硕果。他总来梦里看她，守护着她，所以她一点也不孤独。她，独自一人，在人世，慢慢活够，然后，去找他。他微笑着，一直在那里等。他死了，她失去了他，同时，也得到了他，永远地得到了，一直不放手。

上苍不会眷顾太多人的，它总是冷冷地看着我们彼此失去，彼此寻找着……

所以，我前面提及的那位女作家是个异数，她与爱人彼此守护，彼此懂得，内心充满祥和与安宁。因为太少，所以珍贵。我经常对人说起她与他如何如何美满。其间，也隐隐夹杂着一丝不为人言的哀伤——因为太少太少。连我也开始为他们的爱情而小心翼翼，怕不小心惊动月下盛开的一株昙花，又好似害怕碰碎这美丽的珍贵的薄胎青瓷。今天，我看见他们的一张合影，有一种难言的幸福在眼眶里打转。

别人的爱情，好比《诗经》里的民谣，隔着遥远的日月，传递而来，你伸手接住——重重云霞，在天际燃烧。这样的浮世，风霜雨雪里都是安稳美好。

　　一天，庄子给别人送葬，路过惠子的坟墓，他无比感慨地给人讲故事：

　　有个人，在鼻尖上涂上薄如蝇翼的白泥，让石匠来削掉它。石匠挥动大斧，一斧劈下，白泥尽去而鼻子无伤。宋元君听说此事后跃跃欲试，也想请石匠挥斧一劈，试试自己的胆识究竟如何。石匠拒绝了他："我确有这个本领。可惜的是，让我挥斧一劈的人早已不在了。"庄子接着感慨地说："自从惠子过世，我也失去了可以切磋的对象，没有相知的朋友了。"

　　惠子真幸福，坟头蒿草丈余，依旧被朋友忆起。

那段时间，我一人身陷困境，既遇不见算命先生，又觉得心理医生的费用太贵，如何是好？我多么希望有一个朋友让我挥斧一劈啊！可是，相知的朋友，去的去，亡的亡。

情绪沉郁地去书店，随便翻书。但见我们伟大的文学家的一封情书的开头：

小莲蓬而小松鼠……

读着这句"小莲蓬而小松鼠"，浑身鸡皮疙瘩乍起，差点把刚吃下的一碗咸蛋粥全部呕掉。别人的爱情，在某些特定场合，特别让人恶心，宛若两只蝎子互斗，百丑尽显，暴虐无朋。去中华书局专柜，金性尧老先生的两本书书名都特别好：《闲坐说诗经》《夜阑话韩柳》。翻，前者没有别意，属于考证类。像《诗经》这样的书，应该解出情趣来。也就是说，"车前子"不仅仅是中草药，它在《诗经》里自是担当了别的角色的，比中草药要好玩上百倍。没买。

几千年来，男男女女，哀怨情恨，莫不如此，丝毫不见新意。小学时，作文课，老师敲着黑板擦对四十多位同学千篇一律的作文一脸不屑："记一件有意义的事，都是下雨了给五保户老大娘收煤球，要不就是做了别的好事。你们能不能写点新东西？"

我觉得，不论《诗经》，抑或《乐府诗集》，这几千年来书中所写的男女情事，往深里想，跟我小学时代的作文无出其右，一点新意也无，终究脱不了哀怨负伤的腔。老师敲着黑板擦大吼，弄得粉笔灰乱舞也无济于事。我们只有这么点爱的能力，怎么搞得出华丽流金的新花样？

《采莲童曲》里有两句"不持歌作乐，为持解愁思"，用大白话讲就是："我唱歌不是用来寻欢作乐的，而是用来消愁解闷的。"我看这爱情应该跟唱歌一样，不为寻欢作乐，而是作适当的消愁解闷之用才好。《冬歌四首》之一里有："我心如松柏，君情复何似？"这作者可能是位姑娘，若是那人由她把握，她哪还用问"你对我的感情像什么"，明显地，在怨了。所以，爱情有时一无所用，连拿它来消愁解闷都办不到。

爱情它总给人添麻烦，甚至弄得人一辈子都不快乐——"谁知相思老，玄鬓白发生"。一个人一辈子就这样被耗尽，皓首白发一事无成，真不值得。我们还是去唱唱歌吧，或者喝点小酒，趁着酒兴，打一小架，打得鼻青脸肿的更解闷。回家拿热毛巾焐一焐，第二天依旧是个囫囵人。可是，一旦为爱情所伤，用热毛巾焐，是解决不了本质问题的。"为欢憔悴尽，那得好颜容。"说的就是这档子事，所谓脸不打自委顿，比给你几拳还难以复原。

我逛了一上午街，悠悠然回来。将买到的梦寐以求的安·贝蒂的小说集反复用湿毛巾擦着。小说集名唤《什么是我的》。

然而，什么是我的呢？什么都不是我的。再翻翻《乐府诗集》，总挑带草字头的字的标题先读。《上山采蘼芜》，肯定有花草别意藏在里头吧。哪知才读四句，便恨不得把那个女子自书里一把揪出来，劈她几耳光："你怎么还不醒醒啊？"

上山采蘼芜，下山逢故夫。

长跪问故夫，新人复何如？

已经被那个男人休掉，在路上碰着了，还要对他低声下气，且问他新娶的那个夫人怎么样。这个贱男答：

新人虽言好，未若故人姝。

颜色类相似，手爪不相如。

——你们的相貌虽差不多，但她没有你能干。听听，这厮说的什么话？后来他还厚颜无耻地举例，说他现在的老婆一天只能织一匹布，而被他休掉的这位故人却能织几丈布。原本，他娶她们，只不过拿她们当了牲口，织布、喂猪、下田、养孩子……弃掉旧的，又伤了新的心。被侮辱与被损害的，永远是女子。

《乐府诗集》比《诗经》更现实、更残酷。人世的诗意，一点点消失殆尽，剩下的，只是这《上山采蘼芜》般的血淋淋。所以，比起《乐府诗集》来，《诗经》算是枕边的一个梦了，轻盈，绵柔，甜在舌上流连，不被打搅，燕子一般高飞低旋，里头深埋思念之苦，还有得不到的绵绵遥望，恒久未变。若拿爱情作比，《诗经》是得不到，而《乐府诗集》则有了糟糠之意。得不到，总比得到好，你说是不是？

　　我很少看社会新闻，那些年，躲避现实唯恐不及。但，那一次，小城晚报社会新闻版里一则冰冷而简短的新闻，还是被我注意到了：一个女孩子往身上浇汽油，在山上一把火把自己烧了。这是许多年前的事了。夜读《有所思》，突然想起这个把自己烧死的女孩子。她坟头的树木已然青翠，高过她了。

　　那么刚烈的一个女孩子。那时，我想，是什么让她选择用这样一种极端的方式离开人世呢？她有多恨自己？是为了感情吧？或许别人负了她。她将所有的不堪揽在自己心里，一死了之。至于那个人，她是不屑他什么的。她只惩罚自己的身体。"闻君有他心，拉杂催烧之。"而诗里的这个女孩子"烧之"的东西，并非自己的身体，而是信物。她也刚烈，不但砸碎烧之，还要"当风扬其灰"，从今以后，勿复相思。

其实，读到后来，全然不是这么回事，前面只是她的狂想而已。这样的一份感情，不可能如此根基浅薄而简洁明了易断。她又是矛盾的，"秋风肃肃晨风飏，东方须臾高知之。"翻译成现代文就是："等到天亮，我再做最终的决定吧。"似乎天亮了，她就有主张似的，根本就是托词吧。就这后两句，将整首诗送上了悲凉的调子。其实她根本没主张，那个信物可能仍被珍藏在某处。日后遇见那人了，虽不至于低首询问新妇可好，但也洒脱不到哪里去。她只会在心里面讲讲狠话，若是真的不稀罕，随手抛掉即是，像扔掉一张纸片，何必写什么诗发狠，况且把狠话都讲得这么凄凉。到底是一个姑娘！

电视剧《笑傲江湖》里有好多插曲，也有一首《有所思》，歌词不大记得了，曲子谱得真是好。画面里，任盈盈嘴角淌血，她在忍耐，以弹古筝的方式克服暴怒，她的冲哥哥快撑不住了，血流满地，但见盈盈以一个决绝的动作扬其灰般抛掉古筝，开始了杀戮之旅。那些竹子啊，千万棵向后倒退。唯一的遗憾，这首插曲不是王菲所唱，若是她来唱，将锦上添花。那个女声太尖，丝毫不内敛，把哀伤的东西径直往跋扈里送，有些煞风景。好比灵台间来了一袭红装的交际花，荷花大嘴涂了血红色的唇膏。

《乐府诗集》里的爱情诗，较之《诗经》里的爱情诗，似乎首首透着决绝，多有后劲似的，其实不堪一击，仿佛拿爱情不当爱情，爱情根本就是一个杀千刀的，咬牙切齿般，然后划一根火柴，激烈燃烧自己，仿佛拼了命，其实，更显悲哀。

我欲与君相知，长命无绝衰。

若是不能长久呢？狠话气势汹汹而来：

山无陵，江水为竭，冬雷震震，夏雨雪，天地合，乃敢与君绝！

好郑重的盟誓啊！若是那个姑娘泉下有知，如今，连咱们伟大的母亲河——黄河，都可能断流，她作何想？"江水为竭"里的江水不仅仅指长江水吧，黄河水也应算上。所以，狠话不过讲讲而已，我们不必当真。黄河均可断流，还有什么事不可以发生的？誓言，于感情面前是不管用的。黄河骄傲地说："我偏就竭给你们看，怎么着吧？"

黄河断流这件事告诉我们，心是由不得自己的，索性随它去。

如今还有一句话："有什么忘不了的，不过是没遇到更好的罢了。"这话里，仿佛藏有血腥之气，一刀下去，白骨乍现。许多事，就怕揭底子，一旦掀开来，势必不大好看。那么，还是掖着捂着的好。你看《诗经》《乐府诗集》，所有逶迤曲折的爱情，千年万载一路奔你而来，让一代代人枕边夜读，感慨难言，多好啊。若是彻底解决掉，拿什么书来打发时间？说到底，爱情就是用来给我们消遣的。至于《乐府诗集》里那个女孩等着天亮做决定的事，仿佛不靠谱。天亮了，她要绣花采桑浣衣，忙得哪有心思"拉杂催烧之"。我们天亮了更有事做，要挤公交车上班打卡，不然奖金没了，那条裙子也买不回来了。朱天文的小说里，有位姑娘把旧情人送的一块欧米苏表揣在怀里，走好远的路，咕咚一声丢到基隆河，然后哭一场。我写这个事，有女孩子跟帖："若是我，才不丢呢，我拿去换钱。"我太喜欢这个女孩子了，是的，丢它做什么？把它换成钱，可以买回多少漂亮裙子啊——我们要永远光鲜明媚地活着！

让味道上天

夜读阿城的一本旧书。由于这本书得来不易，便格外珍惜，里面的每个字我都不放过，像追星一样乐颠颠地让阿城的气息带着走。原本是谈着小说的，忽然，一个华丽转身，跳到中国的饮食上去，跟谈小说一样趣味横流。能把"虚"的东西谈得妙趣横生，本是不易，若是回头再来顾及"实"物，更见功力。

且抄一段：

中国对吃的讲究，古代时是为祭祀，天和在天上的祖宗要闻到飘上来的味儿，才知道俗世搞了些什么名堂，是否有诚意，所以供品要做出香味，味要分得出级别与种类，所谓"味道"。

简直靠小聪明在瞎扯。就是这瞎扯里，也透出灵性。他就是这样解释味道的，让人心服口服，靠着飞扬的想象力与聪慧的狡黠，所以才要像追星一样读他的文章。因为明白自己写不来，更缺乏那份开阔与收放自如。千斤重鼎，他慢慢拿捏，最后轻轻一跃，鼎到了他掌心，唰唰唰几下，甚至都可以飞起来。

前面终是虚的，若一味卖乖讨巧，势必失之轻逸，露了浮浅的相。这么着，后面接着就来了几句正经的："远古的'燎祭'，其中就包括送味道上天。《诗经》《礼记》里的郑重描写不在少数。"

真的吗？《诗经》里也有送味道上天的佳篇？原先，一直被爱情冲昏了头，天天在感情的诗篇里打转，搞得晕头转向，想吐的感觉都有了。那些不同版本的《诗经》堆在那里，有几天没去"宠幸"了。阿城这么一说，我又仿佛来了兴致，想去看看《诗经》是怎么送味道上天的。于是，暂且把阿城的书放下，又把《诗经》搬出来看。

那么厚的书，可不像关于爱情的诗，看题目便一目了然，也不知那些味道藏在哪里。像大海捞针一样，慢慢翻，翻得困顿起来。窗外的霓虹都熄灭了，夜深了，手也酸了，尚未找着一篇。这就是追星的代价。他讲到风，你马上要泼雨，淌着夜色的雨水，找《诗经》里的"味道"。若是找不着，这大好良夜便也空负了。所以，不能多读书的，读到后来把自己读废了，一事无成。

终于在《小雅》里看见一首《南有嘉鱼》。读来朗朗上口，一唱三叹：

君子有酒，嘉宾式燕以乐。

君子有酒，嘉宾式燕以衎。

君子有酒，嘉宾式燕绥之。

君子有酒，嘉宾式燕又思。

能够想象到吧，一群大男人正在聚众喝酒，像神仙一样快活，大嚼着美味，双手也不闲着，青筋暴起，划着拳，有的喝着喝着，眼见就萎了，吃了三步倒似的摇头晃脑地瘫到地上，一只大狗，颠颠地跑来，舔舔他的嘴角——因为喝了美酒，口水都是香的。

饮食里，酒是其中最浓烈的一味吧。酿酒这个行当，说不定就是为祭祀而生的。天上的祖宗们一个个老态龙钟，嗅觉也不太灵光，地上的人们必须拿一种醇香的东西去刺激刺激天上祖宗们的嗅觉，让他们闻香而归，回来吃点好吃的再走，于是便有了酒。至于菜什么的，都是花头，其实就是做给活人享受的。这样的传统一直延续至今。

翻到后来，又见一首《宾之初筵》，一篇防止酒后乱德的劝谕诗。饮酒作乐，歌舞相伴，然后还写到酒醉无礼的丑态。如今方领略"花天酒地"这个词多么好,多么形象。花天酒地之后,一个男人若依然仪表堂堂,那他就是"饮酒孔嘉,维其令仪"了。而这里的醉汉竟一派胡言,说是公羊都没长角……实在佩服这个诗人的细致观察力。

童年,在乡下,每逢清明、冬至这样的节令,我们是要给祖宗上坟的。每回都见大人倒三杯酒摆在地上,再拿出三碟好菜,然后烧纸什么的,我们小孩所做的就是跪下去。当一切仪式完毕,我们离开了,大人总是把那三杯酒浇于坟前,然后把好菜完好无损地拿回家。所以呢,再好的菜都是供我们活人享用的,倒是那酒,才真的给我们的祖宗们象征性地喝了。《诗经》里也是这样的,只有等天上的祖宗喝过了以后,地下的男人们才可以享用,才可以醉。

阿城言:"悲,欢,离,合,悲和离是净化,以使人更看重欢
与合。"

阿城讲中国的世俗与小说,一路而来,均是佻挞狡黠的调子,
冷不防讲到这悲欢上,态度刹那间厚道深婉起来。

一部《诗经》,覆盖了太多的离合悲欢。《诗经·唐风》里有
一篇《绸缪》,写尽了欢合的喜悦,是人世的惊喜平常,纯粹,
踏实,却情景无限:

绸缪束薪,三星在天。今夕何夕,见此良人?子兮子兮,如
此良人何?

你看，闹新房的人比当事人还要喜悦，他们故意问那位新娘："今天是什么日子啊？你见到这位美男，开心吗？"或许，在这之前，她与他，一面都未曾见过，直到结婚的这天，他们才第一次相见，彼此喜欢着，一生便确定下来。这便是欢合了。后面紧接着："今夕何夕？见此粲者？子兮子兮，如此粲者何？"这又是在明知故问那个新郎了："今天是什么日子啊？你见到这个美人高兴吗？"欢合，男女之间，一生中最重大的事，快乐与喜悦却是大家的。以这样的曲笔写新婚之乐，更显俗世里的欢合之好。这种人人看重的欢合实则最难写。掌握不好火候，会走到浅薄轻佻的路子上去——它总不比离悲之情深婉厚重。是真不好写，只能用曲笔了，故意让我们摸不清当事人的真实心理。其实，有了这些外人的喜悦相衬，当事人应该有更深更广的欢喜在。

所有人世的喜悦，均有一派天真的势头，简单，完好，无邪。只是，这欢合之诗，一直不大为人所重视。即便我们人人心里想着人生要美满欢合，也总不大好入文。真正的欢合，如何写得出来？

人世里的感情，付于纸上的，总是离悲多些。文学向来是这样的脉络。我们看了，心里堵着，喉咙里哽着，咳不出，咽不下，这就是离悲死别，它是一种无所不在的力量，一直把你伤透。

离悲死别的诗写得好，也有抚慰的力量。怎么讲？还得以阿城的话为例——

中国人的劝慰是："人死如灯灭，死了的就是死了，你哭坏了身体，以后怎么过？"哭的人想通了，也就是净化之后，真的不哭了。

我想，庄子鼓盆而歌也是如阿城所言的净化之后的表现吧。不然，他保不准会被女方娘家的人活活打死。

我以为，《诗经》里写死别最给人安慰的一首，就是《葛生》。不哀，亦不怜，但说百年之后，愿意与他居在一起。还有一首悼亡之作——《绿衣》，一个男人悼念亡妻：

绿兮衣兮，绿衣黄里。

心之忧矣，曷维其已！

绿兮衣兮，绿衣黄裳。

心之忧矣，曷维其亡！

绿兮丝兮，女所治兮。

我思古人，俾无訧兮！

古代的男人，大多是视女子如衣服的。然而，这个男人，妻子都死去一阵子了，难得他还有如此痛挚之情，堪称有情有义之人了。这是所谓的死别之情。

接下来的，是生离。死别的两个人，应是有着深深的感情的——只因天不假年，活活把他们分开。而生离，才最为磨人。或者，他不爱她了；或者，她移情别恋——均是把自己单方面从对方心里生生撤走，拽得血肉横飞，从此不见。《蒹葭》所要表达的便是如此——她，令他一辈子郁郁寡欢着，醒里梦里都是她。也许，这里的"伊人"是一种泛指，也可以理解为一个男人——他，让她一生都不快乐。一个将另一个的心拿去，然后，又遇着一个更好的，却又把之前的那个独自丢在那里，自己奔另一个更好的而去。心，是血肉之躯的一部分，生拉活扯的，转眼便是陌路了——这又是多么深的折辱。所以，独自被丢在原地的那个人，一辈子都不快乐。

生命如烛，孱弱，短暂，转瞬将熄。于离合悲欢里磨折浮沉，一颗心生得之健朗之天真之静好，实属不易。多少良夜，倏忽而去。想必，每颗心，都是用诗喂大的吧。

思念是一种很玄的东西

王菲有一首《我愿意》。深夜寂寥，开了音响，红红的指示灯，一跳，一跳，好比热热的心脏。她那么空灵飘逸的嗓音配合着寂静夜色，在一种思绪里且浮且沉：

思念是一种很玄的东西，如影随形，无声又无息出没在心底，转眼吞没我在寂寞里……

少女时代，我曾在工厂做事。车间机器轰鸣，连自己的咳嗽声都听不见。我埋首做事，猛一抬头，看见对面的女孩——她在哭泣，不出声，眼泪簌簌往下滚，双手还在飞快地做着事。哭，仿佛与她不相干。她太忙了，没有时间哭，但泪水到底忍不住，趁着她做事时流下来。这样的记忆，太过深刻。后来，听别人说，她与那人分手。我想，她还是思念着他的吧，不可以再见了，于是哭泣。

这一阵，夜读《乐府诗集》，见着好几首关于思念的诗。《伤歌行》里说的也是思念成泣：

春鸟翻南飞，翩翩独翔翔。

悲声命俦匹，哀鸣伤我肠。

感物怀所思，泣涕忽沾裳。

——这个姑娘失眠了，怎么也睡不着，听见小鸟在月夜呼唤自己的伴侣，禁不住想起心上人，忽然大哭起来。这样的哭泣，还不算了了，后面又跟了两句：

伫立吐高吟，舒愤诉穹苍。

可不可以这样解：哭过以后，连上苍都要一起怨愤，为何这样冷酷地待我？这本《乐府诗集》，少解，只挑个别生僻的字，注音，一句饶舌也无，正是我喜爱的版本，仿佛把一个孩子搁在那，任凭他自己东走西走，不牵，不绊。实则，牵他，就是绊了他，索性由他自己去。

《悲歌》说的也是思念之情。此思念非儿女情长，而是身在异国突然想家的思念，是以亲情铺了底的：

悲歌可以当泣，远望可以当归。

思念故乡，郁郁累累。

欲归家无人，欲渡河无船。

心思不能言，肠中车轮转。

尤其"郁郁累累"一句，一种断肠情绪，深深掩埋其中。郁郁，指草木葱茏的样子；累累，指一座座坟墓重重叠叠。这个人虽然没回到故乡，但他可以想象得到故乡的样子。"郁郁累累"这四字，怕是唯有有乡村生活经历的人，方能感受得深些吧。这四字里包含着不尽的生死哀荣穷首鬓白，是物是人非，是当年不再。悲歌可以当泣，远望可以当归。有一种思念，让我们无能为力，所以，心思不能言。

而《饮马长城窟行》则是相当出名的思念之作，简直是魔幻现实主义大手笔。一位妻子思念远方的丈夫，开头说了许多漂亮的体己话，譬如：

枯桑知天风，海水知天寒。

枯桑和海水都知寒知冷。言外之意，即他一人在外，也不知他是否晓得照顾自己，天冷了，也不知他是否晓得加件衣裳。其实，理性地看看，这好像是一句废话。你丈夫他又不是呆瓜，天冷了，当然晓得加衣。好比我们年轻时给某人写信："夜凉如水，珍重加衣。"其实，这本是一句废话。可是，我们乐此不疲。如今回想，想吐的心都有。还是王小波的话经典："李银河，你好哇！"像哥们一样，透着朗朗热气。

《饮马长城窟行》共二十句。前十二句大致讲了自己梦见对方，然后又担心他天寒不晓得加衣啥的。接着便是：

客从远方来，遗我双鲤鱼。

呼儿烹鲤鱼，中有尺素书。

长跪读素书，书中竟何如。

上言加餐食，下言长相忆。

剖开鱼肚子，谁知里面竟有一块一尺见方的白绸子，上面还写着字，马上跪坐捧读之。"上言加餐食，下言长相忆。"翻译成现代汉语应是："你要多吃点饭，我经常想你。"

可是，丈夫根本没给她写信，她却要疯狂地憧憬。爱是相互的，她得不到平衡，于是用无边无际的想象力把自己穿透。她太寂寞了吧，像王菲唱的那样——"无声又无息出没在心底，转眼吞没我在寂寞里。"

关于思念，《诗经》里更多些。前面讲到的《蒹葭》《泽陂》等，说的就是一种无望而得不到的思念之苦。而《甫田》，则是惊喜的思念了：

无思远人，劳心忉忉。

……

无思远人，劳心怛怛。

前面都是铺垫，最后，大抵是多年以后了吧，终于又见着了那个男孩子，他不再是青涩懵懂的少年，而是长成了一个大人。

婉兮娈兮，总角丱兮。

未几见兮，突而弁兮！

这该是何等惊喜啊。这么多年的思念，终于有了着落，一下便踏实了。这样的诗，算是微微给了心一些抚慰吧。实则，往深里想，她还是不确定的，她的心里永远有着那个人，而那个人的心里是否也装着自己呢？辗转一番，还是有悲凉在的，不过被刹那的惊喜覆盖住，捂起来，留待日后慢慢掀开，后面可能有更大的悲伤在等着自己。现时，顾不上了。

曾经、现在和将来，永远如此，一颗心，反反复复，为思念所伤，郁郁累累，思不能言。既然思不能言，那就听听王菲的歌吧。

最著名的弃妇

　　我大致浏览过若干版本，无一例外，所有释词专家均异口同声，首推《氓》是《诗经》里最著名的弃妇诗，说它如何如何跌宕起伏、层次分明。除此之外，还有谁真正关心一下被弃人的内心感受？青春耗尽，大字不识一个，一朝被人抛弃，便默默地回到娘家，吞声做人，自觉低人一等，还要忍受哥嫂的指桑骂槐。这篇《氓》，十有八九是托人写的，像我们老家人告状，自己不识字，只得拎几斤小麦面、一只鸡去求村头小学的代课教师帮忙写一纸诉状。诉状到了法官手里，法官连连称奇："该诉状写得真有文采啊！"一传二，二传四，整个法院的人都知道了。

　　《诗经》里还有几首弃妇诗，用法官的话说，都是写得文采斐然的，起承转合，兴赋两当，可以当作范文，给后世一代一代中学生朗诵、默写。

《氓》里起先写到那男人当初如何如何对自己好，"匪来贸丝，来即我谋"，冲着她的"桑之未落，其叶沃若"之貌，接下来就是"于嗟鸠兮！无食桑葚"——小娘子当初花容月貌，引得这个贱男口水长流，像一只鹁鸠吃多了桑葚而醉倒，以致对她好到要跟她结婚。后来，"桑之落矣，其黄而陨"，这只鹁鸠又不要她了，飞到别的未落之桑上醉去了。

历史上的弃妇何其多，多如蝼蚁，这篇《氓》里描写的女子不过是千万人中的一个。也许是那时，她娘家村子里的某位秀才同情她的遭遇，于是花了几天的时间"采访"了她的感情经历，然后悲愤地写下这首著名的弃妇诗，也算是对这类男子的一种精神层面的鞭挞吧。

接下来的漫漫长夜，这个女子可能会以数铜钱的方式打发吧。那么一大堆泛着绿锈的铜钱终于被她的手磨得光滑透亮，一枚，一枚，又一枚，不断地数下去，串起来，再拆开，又数，永不歇息，一直至拂晓。如今我们长夜失眠，想尽所有过往的事，依然不可入梦，最后使出最绝望的一招——数羊。据说徽州一带的妇女，丈夫大多是盐商，一别数年，有的已在外面讨了二房三房，而她们在家里俨然不知，天天望，月月盼，白天在村口望眼欲穿，夜里就数铜钱。她们心里怀有希望，认为那个男人或许等挣够钱，就回家；或者，人老均要落叶归根，外面的花花世界千好万好，死了也是要埋在自家的地里才安心。到那时，自己就可以与他一起下葬，入土为安了。

因为怀有希望，所以即便客观上构成了弃妇角色，她的心也是踏实的：自己永远是大老婆。可不像《氓》里的弃妇，明明白白地被休回了娘家。

弃妇的故事告诉我们：一个女子，一要认得字，二要独立，三不要轻易上男人的当。这样，就不是他抛弃你，而是等着我们抛弃他！千年后，冷心铁血的法官们会说："真厉害，这个弃男的文采好极了！"

我小时听鼓书，那么多人寂静无声，重重叠叠，在夜里，跟着薛仁贵东征，整场气势如虹，磅礴而下。心都裂开来，散成一重，一重，又一重，最后，化为芙蓉千朵万朵，心也简单，书也简单。

而今，常常怀念那位说书人，怀念他出类拔萃的说唱艺术，那种妙韵天成的唱白、念白，齐齐追了鼓点阵阵，慢慢失传在现世的电子声光里。每次散步归来，跨过最后一道门槛，迎面劈来的就是钱柜 KTV 的惊涛骇浪。他们哪里是在飙歌，分明是肝胆俱焚，喊出所有的悲伤哀痛……最可恨的是那些电声科技的推波助澜，把人的嗓音直往尖里拔。《诗经》给予我的，好比家乡那位说书人所给予的——它一直在，也不在了。在一个幼童的心里，开启一个奇特的世界，留下最初的完好一笔，算是铺了温厚的底，自此，无以忘怀。钱柜 KTV 里的歌飙得再好，都比不过我家乡说书人那诗一般的唱白、念白。那里始终有一种古典的情怀，可以耗尽一生的时光。

我在《诗经》这口深井边，转了一圈，一圈，又一圈，依旧哀怨人生……参不透，又跳不出，被遗于柴扉之外，隔水问樵。风急，浪高，那个樵夫他如何听懂我的现代口语？他砍了几千年《诗经》里面的柴火，共计一百三十五种。挥挥手，示意他走了。奈何，奈何，奈若何？

上面的，均是余烬，说它们，是为了找火引子。且将它们堆放在一处，来慢慢温我今天的"柴"。

今天的"柴"，乃《诗经》里说不完道不尽的两性关系。除了这千回百转的两性关系，关于打仗的题材，也是好的。什么叫好？有惊奇，出其不意。那么枯燥的宏大题材里竟埋有不绝的缠绵幽怨。念着，是悠远的意趣，有了托物言他的意思——并非言"志"，是顾了左右而言他。这里的"他"，是有了别情——别有怀抱。闻一多讲《击鼓》篇有同性恋情怀，大抵是因了"执子之手，与子偕老"的决绝。

所谓战争诗，现在叫军旅之作，好比我们初中时代人人会背的《谁是最可爱的人》。但因其缠绵悱恻，它又迥异于《谁是最可爱的人》。若是排一回座次，首席的当数《击鼓》；次席，《采薇》当仁不让吧。前五节没什么出奇的，仿佛随军记者的新闻报道，到了最后，这位几千年前的军旅诗人拼尽心力一荡，掷过来一段神来之笔，让后人追慕难及——

昔我往矣，杨柳依依。

今我来思，雨雪霏霏。

行道迟迟，载渴载饥。

我心伤悲，莫知我哀！

我读着，都是辜负之意。他哀什么？哀一种辜负，战争负了他，更负了远在家乡的那位。他当真想念家乡忧心如焚？才不是！家乡不过是一个地理概念而已。是那个良人让他忧心如焚。这战争让他负了一场佳期，可能永远地负了。所以，他才哀得如此悱恻。说来说去，又转到两性关系上，连战争题材也绕不开。也只有这男女之情，于人亲，于人近，才会隐得那么好——因为刻骨，别的都是枉然。

儿女之情，比之于宏大的战争，多么渺小而不值一提。后者是家国之念，大到无边无涯。可恰恰是前者，最让人心心念念。可能除了爱情，其他的一切，都温暖不了我们吧。

　　晌午，望窗外，广玉兰肥硕的身躯瑟瑟发抖，于雾气弥漫中被打搅，被濡湿，肥硕的叶子沾满尘埃，更显不堪。处处湿漉漉的，难现气象。百无聊赖里，翻旧书看，好比于布满蛛网的阁楼爬下爬上，一本，一本，弃弃丢丢。因为走马观花，总显一种精神上的隔。——拿起，一一放下。

　　还是《诗经》吧。

　　一翻，翻到《兔爰》。不说巧合也难，正切合这几日的心境，何等妥帖的颓废之作：

　　有兔爰爰，雉离于罗。我生之初，尚无为。我生之后，逢此百罹，尚寐无吪。

有兔爰爰，雉离于罗。我生之初，尚无造。我生之后，逢此百忧，尚寐无觉。

有兔爰爰，雉离于罜。我生之初，尚无庸。我生之后，逢此百凶，尚寐无聪。

书上说，这是一首贵族厌世诗。我非贵族，却也算勉强解决了温饱问题。而这个厌世之情，也并非贵族特有，我辈平民也同样可以拥有厌世的情绪。

原来，《诗经》里竟藏有如此精湛的厌世之作，堪称悲凉情绪的《阳光三叠》了。念之，朗朗，仿佛有金石之声；视之，对称，呈现了和美之气。窗外，冬雾迷蒙，烈士暮年，草木枯萎，人生里一切的希望明媚，如鼠如蛇，隐遁而去。整个上午我都把自己消磨在这首厌世诗里。

第一节说的是，本想捕兔，却得了只野鸡。小时候生活还算平静安乐，现在却遇上了多事之秋。想不清为什么，又无法逃避，还不如蒙头大睡，什么也不想说了。只一句蒙头大睡，便应上了景，对上了心思。读之，分外随和、亲切。这首诗一定作于深冬。不快乐的时候，花木肃杀的时候，哀世伤生的时候，想着要蒙头大睡的，必是在寒冬。谁没经历过百愁缠身蒙头大睡的时刻呢？

第二节、第三节开头两句，反复以捕兔起兴，叠咏着人生在世的愿望难求，倒是契合了陈百强早年的一段歌词："寻遍了却偏失去，未盼却在手，我得到没有，没法解释得失错漏，刚刚听到望到便更改，不知哪里追究……"

无论是诗，抑或是歌，所要表达的，无非"人生何求"。所谓"无吪""无觉""无聪"，也不过是不想说、不想见、不想听罢了。

人生至此境，也不至于悬梁投水，索性蒙头狂睡了，哪管我生之初、我生之后？

反复读这诗，再患有严重失眠症的人，怕也会自然痊愈的。这不快乐的一切，也没有法子解决，索性睡觉去吧。多念几遍，就真的睡过去了。一睡，解百忧；一睡，解百凶；一睡，解百罹；一睡，解千愁。睡过去了，自然是不必说、不必见、不必听的，更不用想那些捕兔却得只野鸡的人生恼烦之琐事。

一生何求？蒙头大睡。退一步想，虽然没捕到一只兔，好歹也得着一只野鸡。再想想别人，或许连鸡毛也未拔得一根，你便应该自足自乐自惜了吧。

我把这首《兔爰》，看成千年前催眠曲的雏形，它兼顾了音乐的一切优美特质。我们的老祖宗，连厌世诗都作得这么华丽精湛，不愧有浸染弥久诗风歌雨的泱泱大国之风。

反复读着这首颓废之作，渐渐地，真的睡过去了。什么也不想，但将身体安放于长梦里波澜不惊。一觉睡至残阳西斜，爬起，用一只家鸡熬成的汤，下米线一碗，又洗了一把菠菜，丢进去，哧溜几口，晚餐完毕。

重回电脑前，工作，是为了养家糊口。只偶尔，顿一顿，陷溺在我生之初静美无忧的回忆里以及我生之后的企望之中。此生最大的理想不是捕兔，而是住别人的房，花别人的钱。只是到了后来，遑论野兔，甚而连野鸡爪子也未见着一只。所以，颓废，也是这样的深。

既然连鸡爪子都未曾见闻，那么，这些天，亦死了心，频频穿行于寒风冬雾里看房——我之理想，再也不是捕兔，再也不是花别人的钱，我要自己买屋了。《诗经》以后的天，实在是冷，下午去专卖店，花一笔不菲的款，拿回羊毛衫、羊毛裤各一。穿上，也算温暖。所谓颓废，在温暖和煦里，一定好过饥馑交迫中。

跋

2004 年，我写《诗经别意》，困于学养不深，一味囿于书本的局限，闹出一些南辕北辙的差错。到 2008 年，重读那一万多字，不免汗颜，尤其《击鼓》篇，简直错得离谱。

中间的这四年，《诗经》一直是我的枕边书，常翻常新，寒秋严冬的一个个长夜，一遍遍地读，尚有感念在。与以往稍微不同的是，不再迷信林林总总的解读版本，终于有了自己的看法，即便稚嫩，即便不合主流，我也依然坚持。文学向来是一份固执的虚无主义，这是一种天赐的力量，来源于岁月的洗练，好比一个少年，当他长大，终于可以坦荡面对周遭发生的一切，这个时候，他是相当的有主见了。

或许，多年以后，再搬《诗经》出来，又是别样情怀。人的精神世界是慢慢地一步一步走向开阔深远的。《诗经》于我，是值得用一生的时间去翻去读的。

董曦阳供职于图书公司，那几年，隔三岔五地，总是规劝我将《诗经别意》写完。他寄来许多资料。

陆续有陌生朋友询问应该买什么版本的《诗经》，我一般推荐他们直接去读原文，不要买那种注释词条多的版本。有些书是需要用心体会的，过多的注释词条反而是一种阻滞，犹如一种死板的教育，不能起到点拨的作用，反而僵化了思想。在这方面，我是吃过亏的。

回忆 2004 年写作这个题材的时候，是有热情的，慢慢地，看多了注释词条，却又跟自己的心思对不上，虽有疑虑，却又乏力索引，随之那口气断了，意兴阑珊起来，索性就放下了。

一放四年。到了 2008 年，心里别意蔓生，即便如此，跟2004 年比起来，这份情绪依然淡得多。定居合肥的那四年，何尝不是磨炼？慢慢地，我在心里重布格局，但不常动笔，以致用了整整一年的时间才完成一部《读画记》书稿。

常常有朋友同我提起《诗经》，是一种广大到相忘的相知。

七八年过去，如今犹记当年写这本书时的疲倦。正值孕期，有时，甚至强迫自己坐到电脑前……

成书以后的第一版，由广西师范大学出版社出版，那时正在月子里。

转眼，孩子七岁了，写书的人老了很多……忽然哽咽，人生一步一步走来，有多么难。

唯一热爱的，还是书写。

在这里特别要向董曦阳致谢，感谢他重版这本书。

时间是最好的读者。但愿写下的这些东西的生命力，比我的寿命长。

2017 年 2 月 16 日

图书在版编目（CIP）数据

　诗经：最古老的情歌 / 钱红丽著 . —厦门：鹭江出版社，2017.7
（2018.6 重印）

　ISBN 978-7-5459-1359-0

　Ⅰ. ①诗⋯　Ⅱ. ①钱⋯　Ⅲ. ①随笔—作品集—中国—
当代　Ⅳ . ① I267.1

中国版本图书馆 CIP 数据核字（2017）第 124673 号

SHIJING：ZUI GULAO DE QINGGE

诗经：最古老的情歌

钱红丽　著

出版发行：海峡出版发行集团
　　　　　　鹭 江 出 版 社
地　　址：厦门市湖明路 22 号　　　　　　邮政编码：361004
印　　刷：三河市兴博印务有限公司
地　　址：河北省廊坊市三河市杨庄镇大窝头村西　　邮政编码：065200
开　　本：880mm×1230mm　1/32
插　　页：2
印　　张：7
字　　数：145 千字
版　　次：2017 年 7 月第 1 版　2018 年 6 月第 4 次印刷
书　　号：ISBN 978-7-5459-1359-0
定　　价：42.00 元

如发现印装质量问题，请寄承印厂调换。